-兩年＊不變的誓約-

星神魔女

- Counting on Love 05 -

靈風・影翼
君兒母親牧非煙刻意為了保護君兒，
而簽下的雙子神騎之一。
雙黑騎士中的弟弟，契約的右片翼。
個性有些慵懶，愛戲弄人。
偽紳士一枚。兼常欺負君兒的好哥哥。
「是否為了保護她，就必須犧牲選擇自己的未來？」
靜刃・影翼
君兒母親牧非煙刻意為了保護君兒，
而簽下的雙子神騎之一。
雙黑騎士中的哥哥，契約的左片翼。
個性嚴肅沉穩。為了錯誤的追求而與兄弟刀刃相向。
「哪怕傷害很多人——
我都必須履行我在誕生之時，向靈魂許諾的誓言！」

魔陣。「噬魂」

象徵災厄的魔陣噬魂寄體而產生的詛咒。
是戰天穹不願承認的黑暗面與心魔。
個性邪惡、貪婪、自私、暴虐，
是被戰天穹否定的另一個「自己」。
「明明就是同樣的存在，為什麼要拒絕接受我的存在？」

戰天穹

皇甫君兒的保鑣。
因為族人的託孤，以及自身的詛咒，他應徵保鑣，
進入皇甫世家，找出君兒身上的秘密。
「這究竟是巧合，還是命運的安排？
為什麼擁有『星星之眼』的存在會是你託付的對象？」

目錄
INDEX

彩虹的通道流光閃閃，那連接著兩個世界的通道——
也連接著少女未知的命運。
應死的龍王甦醒，開口吟唱仇惡的預言；
神眷的精靈母樹，落下遠古神靈的諭示；
深黑的雙子高歌，吟詠倒數計時的甦醒。
所有的一切，都指向那不應該誕生的少女。
踏過新世界的大門，也象徵著命運的齒輪向前轉動了一齒，
魔女呀，請再一次的為了超脫輪迴而戰吧！

Chapter 88

魔女謠言

「碎石帶」，這是一處以新界奇蹟星為中心點，環繞在整個星系外的環狀區域。

有研究指出，這可能是早在虛空屏障存在時，外界的隕石或流星雨衝撞虛空屏障失敗後，所留下來的隕石殘骸。無數大小不一的隕石碎塊飄浮在星系外圍，被整個星系的引力所吸引，而聚集在虛空屏障之外。

根據計算，碎石帶的整體面積足足比奇蹟星的表面面積還要多出數百倍。由此可見，這裡有多麼寬敞。

由於受到星系引力吸引，群聚成群的隕石碎塊在宇宙充沛星力積年累月的影響下，逐漸產生了變化。這些隕石碎塊變成了存有充沛星力的礦物聚合體，被用來當作科技建築、符文科技以及建造戰艦的主要礦物來源，還額外附有能夠加強修煉速度的能力，所以一向是人類最常使用，也是需求量最大的礦物。

可是這個物資富饒的區域，也同樣充斥著危險。

「龍族」占據了礦物與能量最充沛的區域，而另一處資源充沛的區域則被「精靈族」所占領。人類只能勉強在這兩族的領地交錯區域，小心翼翼的進行探索挖掘，同時還要防備隨時可能來襲侵犯的兩大異族。

＊　＊　＊

在碎石帶被精靈族占領的一處區域內，有一塊百公里寬敞的飄浮隕石，上面聳立著一座風格華麗別緻的都城。

這座純粹由特殊礦石打造而成的華麗都城，小至地上磚瓦的花紋，大至都城的建築設計，無一不體現出精靈族特有的華美且奢侈的藝術表現。

這座呈扇形設計的都城後方，有一棵龐大的翡翠巨木聳立著，巨大的樹冠幾乎能夠遮蔽半座都城，那便是精靈族的精神象徵——精靈母樹。

只是此棵龐大的巨木，如今嶄露出來的生命氣息卻是無比的黯淡虛弱。

在精靈王城中心的白玉祭壇上，有一位身著華麗裝束的黑髮精靈負手而立。他目光冷漠的注視著正前方的巨大樹木。

翡翠巨木籠罩著整片天空的樹冠彷彿母親張手環抱的姿態，帶給人一種慈祥包容的感覺，讓人覺得它在保護這座王城以及住在這裡的居民們。

巨木隨著風的吹拂而傳出沙沙作響的自然林音，彷彿正對著佇立於前方祭壇的黑髮精靈低語訴說著什麼。

靜刃望著眼前被精靈族稱作「精靈母樹」的巨木，心裡悄然發出感嘆。

身為精靈一族的王，他能深切感受到精靈母樹傳來的情緒。儘管散發出的訊息微弱，母樹卻真切的傳遞著某種哀傷的情緒——那是不被尊重與愛惜的難受！此時它正像個對著孩子傾訴傷心的母親一樣，低語訴說著自己的痛苦。

靜刃想起了自己的故鄉，在那裡同樣也有一棵雄偉巨大的紫紅色精靈母樹。那棵巨木被故鄉裡每一位精靈當作是母親，因而深深的受到精靈們的愛戴與尊重。

在故鄉，那兒的族人們與自然、生靈和平共處。可是這裡的精靈族群卻因為跟隨了一位貪圖權勢的女神，叛離了原本的族群來到此地。而在遠離故族的同時，他們也遺忘了與自然共處的美好，遺忘了上天賦予他們跟植物與生靈溝通的本能……

如同他們信仰的那位神靈一樣，他們逐漸變得貪婪自私，濫用資源，糟蹋大自然無私的付出。他們只將母樹當成工具在利用，任意截斷母樹的枝幹，傷害母樹新生的枝椏，毫無節制的使用母樹的生命力……

「浪費奢侈」已經不足以形容這個精靈族群所做的一切。

這些都讓靜刃感覺到悲傷。他之所以叛離自己的族群遠到此處，理由之一是為了達成自己的願望，但主要還是抱持著想看看遠離族群的同胞過得如何——卻沒想到看到的竟是如此光景！

遺忘了愛護自然本能的精靈，還能算得上是精靈嗎？

這時，靜刃像是感應到了什麼，猛的抬起頭來望向遠方。

那層守護著整個星系的彩虹色光膜傳來潮汐般的聲響，一陣陣漣漪自遠方如浪一般的襲來。隨著漣漪滑過，那層彩虹色光膜漸漸變得稀薄。

——龍族破壞虛空屏障的攻勢開始了！

靜刃原本蘊藏著哀傷的雙眼很快轉為冷漠，他左拳緊握，憑著傲人的意志力壓制著從左手背上圖騰契約傳來的疼痛。

「光靠不完整的契約，是無法制止我的……」

靜刃冷笑出聲，他有自信自己能夠壓制契約的懲罰，卻不由得擔心起會因為他即將做出的事情，而被緊緊相依的契約所牽連的兄弟。

靈風，你得成長了……

靜刃在心中低語，壓下了心中的擔心。

「開始吧，阿蘭妮絲。」靜刃語氣冷淡的下達命令，頭也不回的對身後等待他的精靈聖女說道。

精靈聖女阿蘭妮絲原本溫柔可人的笑容，卻因為靜刃的冷淡對待而染上了一絲幽怨。阿蘭妮絲目光複雜的望著眼前未曾回首的黑髮精靈。隨後她緩緩闔上眼，半跪於祭壇之上。同時，她高舉起手上的翡翠樹杖，開始吟詠起如歌曲般優美的咒語。

伴隨著咒語的響起，白玉祭壇漸漸發出淡淡的螢綠色光輝，開始朝祭壇中心佇立的靜刃周身聚集而去。

與此同時，靜刃後背展開了皇族精靈獨有的紫金色光翼，光翼上頭的光輝與聚集而來的螢綠色光輝互相共鳴著。

「……請原諒我的選擇。」

靜刃無聲道歉，他神情平靜，眼裡卻有著無奈。

隨著光輝越來越耀眼，靜刃的神情漸漸轉為嚴肅，他附和著阿蘭妮絲吟詠的咒語，以精靈語言說出了他的呼喚——

「遠方散落的種子、那沉睡在人心深處的種子啊！我以精靈王靜刃．影翼的身分呼喚你們甦醒過來，並開始執行你們被賦予的任務——傳遞魔女所象徵的災難與危險，為我族計畫奉獻一番心力，我以王之名，命令你們——甦醒吧！」

靜刃高呼覺醒之詞，四周飛散的螢綠色光輝在瞬間閃動的更為璀璨，像是聽懂了這番語詞所要傳遞的信念。

爾後，隨著靜刃豎指指向位於虛空屏障內的奇蹟星，光輝就像得到指示一樣，在祭壇正上方凝聚，變為一道光束，直朝遠方的行星發射出去！

此時變得稀薄的虛空屏障，或許還能夠制止精靈族與龍族的入侵，但卻無法制止這類純能量型態的攻擊穿越屏障。

螢綠色光輝順利穿越了虛空屏障。就在進入屏障的剎那，綠光化作一片片飛散落葉的型態，散落在整個空間之中。由能量凝聚而成的綠色落葉顏色漸淡，逐漸與宇宙蘊藏的星力混合在一起。

喚醒種子的暗示，便這樣無聲無息的透過那無所不在的星力傳遞了出去……

阿蘭妮絲結束了漫長的咒語吟詠，神情顯得有些疲倦，似乎方才吟詠咒語消耗了她不少力量。她輕輕抹去額上的汗水，望著遠方綠光的飛散與消融，臉上露出一絲滿意的神情。

「成功了嗎？」阿蘭妮絲語帶喜悅的向靜刃詢問。

然而，她的問話卻只得到靜刃一聲平靜無波的答覆。

靜刃望著綠光飛散而去的方向，眼裡先是閃過了一絲哀傷，隨後又轉為堅定。

「阿蘭妮絲，妳去神殿向女神傳遞任務已經完成了的消息。若沒發生意外的話，那些在我族附近巡邏，早先被我族埋下暗示種子的人類，將會成為第一批的訊息傳遞者。接下來，就看這些人類如何散播魔女的負面謠言吧。」

靜刃沒有多加理會阿蘭妮絲，轉身便離開了祭壇。此時的他需要找一處寧靜的地方，壓制違反契約所帶來的痛楚。

急著想要離開的他，沒有注意到身後的精靈聖女臉上浮現了一抹異樣的笑容。

「這樣一來，你就真的背叛了過去的族群，背叛了應當要執行的任務與必須守護的人了……王啊，失去一切的你，如今終於完全屬於我了！」

「她」輕笑了幾聲，隨後，這種不同以往的笑容退去，彷彿方才那一瞬的異樣笑容只是一場幻覺。

「咦？我剛才怎麼了……」

阿蘭妮絲對於方才自己被精靈女神取代了意識的事情並不知曉，她有些失神的撫著額頭，誤以為是自己太累才導致了精神恍惚。

「對了，還得去向女神傳達計畫已經成功了的消息。」

阿蘭妮絲在離開祭壇時，還不忘朝靜刃離開的方向投以一抹複雜的眼神。

＊＊＊

星系內部，一隊龐大的戰艦隊伍在精靈領地外的區域巡邏，以便隨時應付精靈族突發的任何異狀。

近期因為龍族戰區出現重要變故，使得人們不敢懈怠了巡邏工作。

原本以為一如往常般平靜的這天，卻因為自精靈領地發射出來的螢綠光束而打破了寧靜。

「敵襲——」

所有巡邏戰艦在第一時間進入戰備狀態。

因為不了解敵方的這道光束威力如何，不少戰艦加足馬力飛速離開光束的攻擊範圍。少數正對著光束發射方向的戰艦群聚在一塊，張開防護罩，希冀能夠藉此撐過這一波的攻擊。

原本以為會帶來強大攻擊的光束，卻在穿越了虛空屏障的彩虹色光膜後，竟莫名其妙的潰散成點點螢綠色的光輝。

透過戰艦內部放大的畫面，那些螢綠色的光輝化作片片似落葉的能量型態，然後消散在虛空之中。

這個異常的狀態，讓原本心神緊繃的人們有些摸不著頭緒。

就在巡守隊依舊呈現備戰狀態等候了一段時間以後，卻是沒有任何新一波的攻擊傳來，散落的螢綠色光輝也沒有任何變化。

這情形讓發出敵襲警報的監控人員有些短暫的呆滯。

「報告，沒有發現任何敵方行蹤！」

「報告，精靈族並無異動。」

「報告，光束的能量指數消失了！」

無數的訊息被回傳至指揮總部。消息顯示這可能只是精靈族的一次試探性攻擊。

「真是的，嚇死人了。我還以為終於要開打了，沒想到只是試探性攻擊，呿！」

「你不覺得精靈族跟龍族最近的行動模式很古怪嗎？總覺得有什麼不好的事情要發生了似的……」

巡守隊員開始討論起這一次精靈族的攻擊。當所有人都因為螢綠色光束的潰散於無形，以及精靈族暫時再無任何異狀而鬆了一口氣後，殊不知那與星力混在一起的綠光能量，已經開始悄悄滲透進人類世界。

那細微的能量極其隱晦，人類完全感覺不到星力中參雜著這道外來的細微能量。它就像是一把鑰匙，隨時可以啟動精靈族在人類意識裡暗中下達的隱密暗示。

雖然這樣的暗示對於一些心靈堅強的人類強者而言，根本沒有任何作用，但這樣就足以將魔女的訊息，透過人類的言談傳遞出去。

當流動在宇宙間的星力被修煉的人類吸收入體後，他們都不約而同的忽然對某個「字詞」起了興趣，然後像是著魔似的，有一個人起了頭，第二人附和，第三人開始高聲談論……

隨著談論的擴散，有更多不同的說法參雜入了這樣的傳言之中，直到最後成了足以動搖人類世界現況的可怕傳言——關於魔女的謠言。

＊＊＊

不知何時開始，卡爾斯的星盜團裡也有人談論起那最近在各界流傳的謠言。

一名星盜此時正對著同伴小心翼翼的詢問：「喂，你聽過那個傳言了嗎？」

同伴一臉不解，困惑詢問：「瞧你神秘兮兮的，究竟是什麼傳言？」

深知詳情的星盜小聲的說：「就是那個『魔女』的傳言啊！」

「魔女？」

君兒結束了一天的課程，正準備要回到自己的寢室好好休息，卻意外的聽到走廊上兩位星盜正在談論某個敏感的字詞，讓她不自覺的放緩了腳步，豎耳傾聽。

星盜低聲討論此事：「之前不是提到龍族攻擊虛空屏障，結果導致虛空屏障加快了虛弱速度嗎？精靈戰場那據說也出現了變化，你不覺得這太巧了嗎？最近坊間有個傳言，是說這個時期正好是一位魔女出現的時間點，而那位魔女將會為世界帶來……」

君兒正想上前打聽對方討論的內容，但那兩名星盜卻勾肩搭背的繞到了另一條迴廊裡，討論的聲音隨著兩人腳步漸遠而變得模糊不清。

君兒皺了皺眉，最後收回了追上去詢問的念頭。

她原本平靜的心情因方才聽見的「魔女」一詞，而忐忑不安了起來。

「魔女……這是怎麼一回事？」

「魔女」似乎是星盜們最近熱烈討論的話題。儘管君兒對這種小道流言不感興趣，但多少也從旁人的言談中聽聞了與「魔女」有關的一些訊息，卻沒有深入探討過詳細內容。

只是當她想找靈風討論此事的時候，又忽然想起了靈風最近精神狀況不佳，他那副極其壓抑且心事重重的模樣，讓君兒一直找不到好時機與他談論「魔女謠言」這件事。

雖然她也想過要找卡爾斯老大，但是老大近期正忙著安排星盜團接下來的任務與行程，幾乎整天都關在辦公室裡開會；紫羽就更不用提了，她一向對八卦流言不感興趣。

想來想去，她還是只能找靈風談話了，或許還是得找個時間向靈風詢問……

越想，君兒越感覺內心多了幾分難言的沉重。

＊＊＊

終焉的魔女就要甦醒
她是災厄的來源　象徵時與空的完全終結
魔女將為世界帶來絕望與毀滅
她將引來災難覆滅天地生靈　抹殺蒼穹萬物
她是災厄的妖異　是象徵毀滅的魔女
她是逆法的罪惡　是帶來絕望的魔女

象徵毀滅的蝶烙印於額心之上
璀璨的耀眼星光在魔女眼中閃動
她將踏著死亡之舞而來　展開引領終結的翼

沉睡的災變將要甦醒　撕裂天地的淚火將至
終焉魔女將伴隨著赤紅惡鬼而來
為這個世界畫下終結的句點

卡爾斯看著眼前光腦螢幕上的訊息，神情有些驚訝愕然。
這篇文章是最近廣為流傳的「魔女之歌」，來源不明，卻莫名其妙的在人類間瘋狂流傳。內容全都是描述這個時期將會有一位象徵災難的魔女降臨，並引導世界走向毀滅。

這種末日訊息，卡爾斯在自己經歷過的千年歲月中也聽過無數次，而他一向對這類散播恐懼跟讓人類恐慌的消息嗤之以鼻。

瞧他活到現在，世界都還沒末日呢！

只是因為手下和外界不斷傳來這樣的討論，讓他在好奇心的驅使下，去查找了完整版的「魔女之歌」，就想知道那人人口中談論的魔女究竟是怎麼一回事。

可當紫羽為他找到了內容以後，卡爾斯一看便徹底變了臉色。

這篇文章的末段竟牽扯上了「赤紅惡鬼」。這是為何？

這個世界上，唯有一人符合這個字詞的描述——那便是擁有黑暗守護神「凶神霸鬼」之稱的戰天穹！

而更加令他驚訝的是，這首「魔女之歌」中，描述著那位帶來毀滅的魔女，她的眼裡有著耀眼的星光……這、不正是擁有「星星之眼」的君兒嗎？！

「這傳言到底是從哪裡傳出來的？」

卡爾斯一臉嚴肅，他質疑是某位戰天穹的敵人刻意為之所製造的謠言。可是這個世界知道「星星之眼」這件事的人，唯有他跟戰天穹、羅剎以及當事人而已，外人應當不會知曉此事才對！

但這其中暗藏的訊息，分明是指向「魔女」與「惡鬼」擁有的危險性，無非是想挑起人類對魔女的恐懼，以及喚醒人類對戰天穹曾經所作所為的憎惡而已。

紫羽困惑不解的望著面色凝重的卡爾斯。

「卡爾斯哥哥，怎麼了嗎？」

「小羽毛，有辦法查出這個訊息的來源嗎？我想要盡可能知道是誰散播出這個消息的。」

看著卡爾斯臉上慎重的表情，紫羽乖巧的點了點頭，使用駭客能力查找起了訊息的源頭，只是得到的結果卻讓人訝異。

似乎是從某一天開始，同時有許多人就莫名其妙的談論起了「魔女」一詞，直到最後才演變成了這首完整的「魔女之歌」。

異常發展的事態讓紫羽和卡爾斯兩人面面相覷。這下子就連一向單純的紫羽都感覺到不對勁了。

「小羽毛妳乖乖待在房間裡，我去處理一些事。」

還未等紫羽回應，卡爾斯一臉憂心忡忡的離開。他要去聯繫才離開不久的戰天穹，想知道戰天穹有無聽到這個謠傳。

另一方面，他也擔心戰天穹會因為率先一步知曉這樣的謠言而動搖心神。此時正與心魔爭鬥的他，實在禁不起太多與君兒相關的負面消息了。

若是戰天穹知道，現在人類正不停傳遞著有關君兒的負面消息，他是否會為自己曾守護的一切感到悲憤、失望？

卡爾斯忽然想到了「魔女之歌」的最後一段，其所講的是否就是戰天穹未來的抉擇？

這沒來由的直覺讓他感覺恐慌。

他身為男人，自然是鼓勵戰天穹去勇敢追愛；但身為人類的一分子，他卻不願意戰天穹為了保護君兒而與全人類為敵！

Chapter 89

背叛之傷

這天，君兒一如往常的來到了靈風的植栽室前，準備進行今天的課程。

她的腳步有些急躁，因為昨天結束課程時，靈風的狀況感覺不是很好。那是她第一次看見那總是閒散優雅的靈風，竟表現出如困獸般焦躁的情緒來。

儘管靈風只是淡淡的告訴她自己沒事，但君兒還是感覺擔心。

她使用靈風為了方便她出入而特別給予的權限密碼開啟了大門。可是大門才剛開啟，君兒就被裡頭一片凌亂的慘況嚇得花容失色。

「天啊，這是怎麼回事？！」

君兒錯愕的看著一片狼籍的植栽室。

靈風原本工作的藥劑調配區，此時桌面上的工具全都被掃落到地面。玻璃製成的器具碎裂、裡頭的藥液灑落一地、等待摘採的盆栽破裂。

現在應該是靈風在工作的時間才對，但，靈風呢？

「靈風？」

心中滿懷疑慮的君兒焦急的呼喚靈風，植栽室裡卻是一片寂靜。原本生機盎然、充滿鳥雀蟲蝶的植栽室，如今死氣沉沉。

她一臉戒備嚴肅的觀察起凌亂的地面。在灑滿藥劑液體的地上，有道沾染著汙漬的腳印朝植栽室的深處前進。

此刻的君兒開始回想自己從植栽室外面走進來的過程。植栽室的大門外部，絲毫沒有被破壞的痕跡，戰艦上也沒有傳來有入侵者的廣播，看這情況應該不是外人入侵；而植栽室平時除了來討要草藥的實驗人員、和靈風探討藥劑學的休斯頓爺爺以及她之外，再也沒有其他星盜會進入。

那麼，這就不可能是其他星盜搞的鬼，是靈風發生了什麼事嗎？

理智告訴她應該馬上找老大求助，但她的腳步卻自動的跟著地上的腳印走入植栽室深處。在植栽室深處，有一棵比外頭靈風用來靠著午休的樹木還要龐大的樹木種植在裡頭。君兒猜想靈風或許就在那裡。

只是，地上的腳印越是走往裡頭越是顯得踉蹌不穩，顯示著靈風的狀況似乎非常不好。這讓憂心靈風狀況的君兒加快了腳步。

當君兒來到了植栽室深處的另一棵大樹所在，她順著腳印，終於在樹木背面找到蜷縮在地的靈風。

那平常總是開朗又愛惡作劇的靈風，此刻完全沒了先前的活力，渾身顫抖著。遮住眼睛的瀏海因為汗濕而緊緊貼合在他的臉龐上。慘白的臉色看得出靈風此時並不好受。

「靈風，你怎麼了！」

君兒驚呼出聲，緊張的跪在靈風身旁搖晃著他，試圖喚醒靈風。但靈風仍舊劍眉緊鎖，沒有對君兒做出任何回應。

君兒這時才注意到靈風左手正緊握著右手，而他原本右手背上那道美麗的半翼圖騰，竟在他壓制其上的左手指縫間，閃動著紅色的光輝——

那赤色的光，讓君兒聯想到戰天穹過去在契約發作時同樣出現過的警告光輝。這讓君兒不禁有些錯愕。隨後，心思敏捷的她，知道自己要給予靈風什麼樣的幫助。

很快的，君兒動用了許久沒有使用的控制天賦，決定要為靈風壓制發作的契約。

隨著她額上的蝴蝶圖騰浮現，靈風手背上的半翼圖騰的警告紅光這才漸漸淡去……

良久後，靈風的身軀終於不再顫抖，但人卻昏了過去。

君兒抹去額上因為施展控制能力以及擔憂靈風而滑下的冷汗，決定要先去找人求助。

「靈風，你等我一下，我馬上就找人來幫你。」

當君兒想轉身前去尋求協助時，身後傳來的虛弱嗓音讓她止住了腳步。

「……不用、了……我不需要……幫助。」

靈風很快就從短暫的昏迷中轉醒，邊倚靠著樹木坐了起來。他喘著氣，抬手掩住自己額前的瀏海，下意識的想要迴避君兒充滿關心的眼神。

「靈風，你還好嗎？」君兒走回到靈風身邊，焦急的看著他。「有什麼我能為你做的嗎？」

靈風卻是苦笑，說：「妳這是在關心我嗎？」

「當然，靈風是我的老師啊！」君兒原先想要說靈風就像自己的哥哥一樣，不過這樣的想法讓她感覺有些不好意思，便改口稱呼靈風一聲老師。

「呵、呵呵……老師嗎？呵呵……」

靈風在心裡嘆息，同時抬起自己的右手背，上頭的半翼圖騰不再閃動警告的赤色光輝。他的心情沒有因為痛楚自身體離開而轉好，取而代之的卻是一種不能接受事實的悲愴。

契約沒來由的執行懲罰，而他並無觸犯任何契約內的規範。那麼，只有另一種解釋……與他靈魂雙生的哥哥靜刃，犯下了違背契約的行為，而對拆兩半的契約，將會一同遭受連帶懲罰。

靈風不由得露出哀傷的笑容。自他從其他星盜口中聽聞了關於「魔女之歌」的謠傳，他就多少猜出了事實真相。直到契約正式發動懲罰，他才肯定了原先心中的猜想。

君兒不明白靈風的契約為何會忽然執行懲罰。但看著靈風露出比哭還難看的笑容，她走回靈風身邊，小臉上寫滿擔心。

她學著先前靈風使用符文緩和她的頭痛病那樣，為靈風畫了幾道安定心神的符文，同時還不忘施展治療用的符文。儘管現在的她，符文知識還是停留在從皇甫世家所習得的基礎觀念上，但多少還是希冀自己的幫助能夠讓靈風的狀況好轉些。

或許是因為君兒的意念與努力起了作用，靈風的氣色逐漸好轉。

直到靈風平復了心中的難受時，他才制止了君兒胡亂消耗星力與精神力使用符文，想要治好他的舉動。

「好了，笨蛋！這樣胡亂濫用力量的治療方式，妳還是不要拿出來丟人現眼的好，我以後會教妳如何正確使用符文的力量，現在我沒事了……」

靈風在阻止之餘，毒舌的天性多少也恢復了些。

君兒這才鬆了一口氣。

「靈風，你到底發生了什麼事？要不要去醫療室？」

靈風搖頭。

「我可以自己治療自己。」

他抬手繪出治療用的符文。當象徵治療符文的藍色光輝亮起，光輝就像落雪一樣融進他的身體，開始為他的身體做治療。

然後，靈風就不發一語的呆坐在樹邊。

觀察敏銳的君兒看著他緊抿脣角，知道他正壓抑著自己。

「需要和我談談嗎？」君兒提出了這樣的建議。她想起靈風過去也曾擔任過她的傾聽者，聽她傾訴自己的心事；那麼現在她也能扮演傾聽者的角色，讓靈風說出壓抑的心事，這樣他也能好過一些。

靈風沉默了許久，最後他語氣苦悶的說道：「……妳知道為什麼我的契約發作了嗎？」

他轉頭看向君兒，嘴角彎起一抹苦笑，儘管笑著，卻傳遞著無止境的悲傷。

「觸犯契約的不是我，而是我的哥哥……魔女的另一位守護騎士。」

靈風的聲音不自覺的發出顫抖：「我不知道哥哥做了什麼，但憑著感覺，我知道他觸犯了哪一條契約——他做出了傷害魔女的事情！為什麼他要這麼做？難道他真的打算要背叛魔女嗎？他知不知道他這樣的舉動，會讓跟我們簽下契約的那位魔女因此違背延續我們母樹性命的任務啊！」

想到若是「那位魔女」知曉了此事，因而氣憤的違背彼此的「交易」，使得族人賴以維生的母樹死亡，那麼族人該何去何從？！

靈風激動的渾身顫抖，聲音也不自覺的大了起來。

「為什麼？他明知道那樣做可能會導致族群毀滅。一向以族群為重的他為什麼要這麼做！難道他真的那麼想要捨下『王』的任務嗎？！而且不是已經和我約定好了要一起保護魔女，靜刃他又為什麼——」

「靈風你冷靜一點！」

看著靈風這樣失常的激動狀態，君兒冷靜的出言喝止他。

「冷靜一點，不要讓恐懼主宰你的思緒！」

靈風聽著君兒的勸告，激動的情緒就像被潑了盆冷水一樣，漸漸的平復下來。他隨後耷拉下肩頭，雙手掩面。他心裡還是不能接受靜刃違背契約，打算背叛使命這樣的事實。

過去，在靜刃選擇離開族群的時候，他的消失讓長老還有族人非常緊張，惶恐靜刃是要拋棄族群。但靈風堅信那樣深愛族群且負責任的靜刃，不是真的打算捨棄族群，而是另有其他想法。

但，百年的時間過去了，靜刃仍舊沒有回歸族群。心焦靜刃下落與害怕他真的打算拋下一切的靈風，便決定也要離開族群尋找靜刃的蹤跡。然而，當他踏出隔絕族群與外界的防護符文法陣後，透過契約的感應，他才明白，靜刃早就離開了奇蹟星。

透過契約，他隱晦的感應到靜刃正位於極遠之處。而那正是千年前背叛族群、被驅趕至碎石帶的精靈女神與其精靈族的所在。

儘管不知道靜刃是如何離開奇蹟星前往碎石帶，但這樣的結果讓他很恐慌，卻仍執著的相信靜刃不會真的背叛他們。於是他開始在新界遊歷，只要手背上的契約懲罰尚未發作的一天，他始終堅信著靜刃之所以這麼做一定有他的理由。

可，就在今天，他手背上的契約傳來了那彷如撕扯靈魂的痛，同時也摧毀了過去他所堅信不疑的一切。

「君兒，哥哥他背叛我們了……」

靈風悲傷低語，說出的話卻讓君兒面露震驚。

「為什麼哥哥要背叛？他明明是那麼認真負責的人。他真的打算捨棄族群，丟下我一個人嗎？」靈風困惑茫然的詢問君兒。

然而，面對靈風的問題，君兒只能保持沉默。方才她從靈風失控的言語中聽見了許多讓她難以理解的詞彙，但她明白此刻不是詢問問題的時機。她坐到靈風身邊，打算陪著靈風直到他能夠完全冷靜為止。

然後，君兒憑著靈風過去與她講述關於「靜刃」這個人所得來的認知，說出了她自己的猜想：「或許就是因為靜刃太認真，所以累了吧……」

「……累了？」靈風一愣，繼而想起過去靜刃所承擔的一切重擔。

王者無數輪迴的記憶與知識，以及那自誕生開始就必須承載的職責，逃不掉又躲不開。雖然王者的壽命終有結束的一天，但是王者仍要繼續等待下一次的輪迴。

這樣的無限輪迴，他只是光憑想像就覺得可怕，何況是親身經歷輪迴的靜刃。

靜刃是否真的累了？但他這個弟弟，卻什麼也無法替兄長分擔。

「我這個弟弟好沒用，如果我能幫得上忙的話，或許哥哥今天就不會這樣選擇了……」

靈風隻手掩面，低低的嗚咽了起來，意外的在君兒面前展露出自己脆弱的一面。此刻，他不再顧慮世人眼中的男人應當鐵血無淚，只想好好的宣洩自己心裡的悲傷。

再也沒有比自己敬愛崇拜的親人拋棄了自己更痛的事情。靜刃不僅是背叛了守護魔女的契約，還背叛了和他這個弟弟的約定啊……

過去兄長在自己心中樹立的偉岸形象，在這一日，徹底崩塌。

Chapter 90

堅守靈魂的誓言

看著手邊由秘書傳來的關於魔女謠言的消息，羅剎氣惱的站起身來，重重一拳打在辦公桌上，震得上頭整齊堆放的文件四處飛散。

「這該死的傳言是怎麼一回事！」他忿忿的對著告訴他這個訊息的秘書雪薇怒吼出聲。

從未看過好脾氣的羅剎這樣動怒的女秘書，因為他罕見的怒氣而嚇得有些不知所措。

另一旁正埋首公文的赤髮男子抬起頭來，同樣也因為羅剎突如其來的火氣蹙起了眉。他開口勸說道：「羅剎，你幹嘛？什麼事情讓你這麼火大？你不一向都是好好先生，從來不會對其他人發火的嗎？你看，雪薇都被你嚇得臉色發白了。好歹她也在你身邊照顧你的起居那麼多年了，你就算生氣，也不要對盡心盡力的秘書小姐亂發火吧？」

羅剎重重的坐回辦公椅上，試圖平復激動的心情。

「雪薇，我很抱歉讓妳受到驚嚇了。妳先下去，我有事情會再聯繫妳。」

「好……」驚魂未定的秘書愣愣的回應著，繼而機械似的走出了辦公室。

赤髮男子嘆息了一聲，抬手揉了揉因為長時間的思考而痠澀的眉間。

「羅剎，你是怎麼了？是什麼消息讓你這樣失控……該不是我爹要回來了吧？！哦不，公文還沒處理完！」

自己說完猜測後，赤髮男子顯得很是慌亂。

羅剎受不了的白了他一眼，說道：「戰龍你這個白痴！我不是說過戰天穹還要再幾個月後才會回來嗎？你不要在那裡自己嚇自己好不好！」

「喔、喔……」戰龍抹去額上被自己的胡亂猜想而驚嚇出的冷汗。

他隨後又問起了為何羅剎會如此氣憤的主因。羅剎僅僅只是白了他一眼之後便不再理會他，逕自沉浸在自己的思緒之中。

羅剎想起了當年。

在許久以前，製作出他的那位大人，以及將他當作兒子看待的魔女牧非煙，兩人合力透過時間與空間符文的力量，來到當時人類還未抵達的奇蹟星時……

當時，這顆行星因為生存在這裡的某個族群而發生了動亂；據說是該族群的「神靈」不滿族群還有一位「王者」的壓制，決定要背叛族群。

於是神靈帶著自己的一批信徒，準備要占領該族群精神象徵的「母樹」。

而製作出他的那位大人因為還另有計畫，先行一步離開，只留下他和魔女牧非煙介入這場戰爭。

戰爭因為他們的介入，勝利倒向了王者那一方。最後那位貪婪自私的神靈，在退敗離去的時候，重創了那棵充滿生命氣息的母樹。

族群精神支柱的消失，也等同於一個族群的滅絕。

看上了這個族群的王者其強悍的靈魂力量，能夠成為治療牧辰星轉世時靈魂創傷的重要關鍵，牧非煙以母樹存亡相逼，取得王者的靈魂。

眼見受創的母樹就要凋零，精靈王為了延續族群的精神象徵，只得低下他驕傲的頭顱，交出了自己的一部分靈魂，好讓他們能夠以此創造出一份建立於精靈王、牧非煙以及牧辰星三人靈魂之上的「靈魂契約」。

精靈王和牧非煙達成了交易。在未來的某個時間點，「魔女」將會降臨，精靈王須在「魔女」降臨前的一千年前，重新輪迴轉生。而精靈王之所以要比「魔女」更早轉生，是因為新誕生的精靈王需要重新掌握知識與力量的時間。

等「魔女」重新降臨，精靈王將會依照約定，成為守護「魔女」的騎士。

另一方面，牧非煙則使用自己的力量治療母樹的傷勢，以延續精靈母樹的存亡，履行與精靈王的交易……直到今天。

當時，羅剎便和牧非煙一同創造了能夠守護牧辰星轉世的「神騎契約」。希冀能藉此契約的完成以及精靈王的守護，治療昔日牧非煙奪走牧辰星魔女力量時受到的靈魂創傷。

只是卻沒想到，這一世的精靈王竟在降生時一分為二，神騎契約也只得配合對分兩半的靈魂而拆分對半。

可，事情卻沒能如他們預料的那般順利。

其中一位精靈王的失蹤，讓預定好的計畫出現了偏差。而這位失蹤的精靈王被某種力量所保護著，讓人無法詳細感知到他的正確下落。但是透過兩位精靈王彼此的靈魂契約，可以感知到失蹤的那位精靈王是否有違背契約。由於失蹤的那位精靈王並未違反契約……於是這件事最後也不了了之。

羅剎和牧非煙都認為，只要有契約的存在，等牧辰星轉世來到新界之後，兩位以靈魂簽訂契約的騎士會自然而然的來到她身邊。

只是，就在不久之前，羅剎收到了契約回傳，其中一名「騎士」違背契約的警告；且「魔女之歌」出現的時間點過於巧合，這讓人很難不作聯想，究竟那位失蹤的騎士與這件事是否有所關聯。

再加上最近因為精靈族以及龍族兩大異族都加劇了戰場上的攻勢，無形間加深了謠言的可信度，使得人們對可能會帶來災難的魔女產生了恐懼。

羅剎最擔心的就是，這樣的傳言傳進當事人的耳中，是否會影響到她心性的轉變？就如同當時的牧辰星一樣，因為承受不了太多的壓力，最後被負面情緒所擊潰，任憑魔女的力量控制了心智。

「唉……」羅剎無奈嘆息，面露頹然。「人算終究比不過天算嗎？」他劍眉緊鎖，妖異俊秀的臉上此刻寫滿苦悶。

而聽著他的自言自語，在一旁批改公文改得有些心生煩躁的戰龍忍不住出聲，對他這樣的消極低語表示不悅。

「喂喂喂，你好歹也是全世界最了解符文、最明白世界運行、最懂得利用符文推算過去與未來的守護神『陣神滄瀾』呢！你不是一向相信命運是完全由自己掌握的嗎？怎麼會說出這種消極失落的話來呢？」

羅剎冷冷的回問道：「那麼，如果你發現一向掌控於手的命運忽然失去控制了，你還能夠保持樂觀態度嗎？」

戰龍想也沒想的直接回答：「那是因為你太執著於控制命運了。對我而言，命運這種神秘的東西要想完全掌握，太難了。我覺得與其去掌握那未知的命運，還不如管好自己的心，心的意念才是真正能夠讓你創造未來的關鍵。正面樂觀的信念，創造正面樂觀的未來；負面消極的信念，創造負面消極的未來。」

「同樣面對失敗這件事，消極的我可能從此一蹶不振；但如果我用正面的心去看待並思考失敗這件事，我可以從中得到更多讓我成長進步的契機——嘿，像我可是從來不管未來會發生什麼事，也不會想要去掌握命運或未來的軌跡。我只相信，此刻的我充滿力量，未來的我也將會是如此的！你啊，跟爹一樣總會想太多、顧慮太多，才會聰明反被聰明誤。」

羅剎因為戰龍這一番話眼睛一亮。他單手托住下顎，喃喃自語道：「信念創造實相……信念創造實相！」

羅剎若有所悟，很快就恢復了原先的精神。

「實相即真理！人的信念創造了真理與未來——原來如此！」

那麼，只要此生的君兒能抱持著正面積極的態度，永遠懷抱著希望，相信她一定能夠創造出同樣有希望的未來吧?

「所以就算我和母親大人的計畫出了差錯,也還是有彌補的機會吧?只要她能夠堅定信念,就一定可以覺醒成職掌奇蹟的『星星魔女』!」

戰龍因為羅剎的話而面露困惑,「羅剎你在說些什麼啊?什麼信念創造實相,什麼魔女啊?哦,難道你是在說最近那個無聊的『魔女傳言』嗎?」

他面露鄙夷,尤其這謠言還牽扯上了自己最敬重的養父,他更是不屑於那樣惡劣的傳言。想起那首使得人心惶惶的「魔女之歌」,戰龍冷哼出聲。

「那不過就是別人胡亂搞出的傳言罷了,這個世界哪有什麼帶來毀滅的魔女?更別提那謠言還扯上了我爹!哼,爹才不會跟個女人一起毀滅世界,無聊!」

戰龍壓根就不相信這件事,只是將它當作跟戰天穹有仇的人刻意散播的惡意消息,目的就是貶低指責那曾在過去犯下大錯的戰天穹,惡意抹殺他曾經為人類所做的付出。

可此時,羅剎冷漠的朝他看去,卻問道:「先不論這件事牽扯到霸鬼,但如果魔女是真的存在呢?」

「啊?你這什麼意思?」戰龍一愣,沒想到羅剎會這樣問。

羅剎嘆了一聲,金燦的眼眸低垂,繼續將話說了下去:「魔女是真的存在於這個世界的。只是魔女究竟會帶來毀滅還是新生,就全看她這一世會如何選擇了……」

戰龍一臉莫名其妙,他對羅剎這樣突來的發言無法理解。

但聽羅剎這樣說，似乎那位傳言中的魔女是真的存在？那是否也跟他養父有所關聯？想到這，戰龍嚴肅的皺起了眉，憂心此事會牽扯到他最尊敬的那個人。

「管他什麼魔女，只要別害了我爹就好。」

不經意的，戰龍對那將養父捲入這場謠言糾紛中的「魔女」，多了幾分戒備與不滿。

＊＊＊

靈風狼狽的擦著臉，想掩飾掉自己方才一時難過，在君兒面前像個懦弱孩子一樣哭了的事實。

「抱歉，我失控了。現在我好多了，謝謝。」靈風困擾的抓著自己的額前瀏海，顯然對自己竟然在君兒面前這樣失態而感覺尷尬。

「你沒事就好。」君兒對靈風展顏微笑。

她並不覺得男性表露脆弱是一件壞事，但之所以會在她面前這樣表達真實的情感，多少也是因為信賴她吧。能被人信賴的感覺讓君兒感覺很開心。

看著她的笑顏，靈風也跟著揚起笑容，但隨後，他的表情變得無奈了。

「我覺得我現在又不好了。」靈風埋怨道。

君兒一臉愕然。「又怎麼了？」

靈風指了指君兒走來的方向。地上的腳印汙漬，還有調配區的慘況，讓他忍不住苦笑出聲。

「我這段時間的成果都報廢了，真是……不過也只能打掃了，來幫我吧笨蛋。」

「那是當然的……不過別再叫我笨蛋了啦！」

君兒見靈風打起精神後，便也恢復了原先跟他互動的模式。

兩人一前一後的走回植栽室的入口，邊互相出言調侃，同時開始分工合作的找到掃除工具，將之前靈風弄得一團糟的區域整理乾淨。

打掃完以後，君兒看著靈風臉上難掩的疲倦，知道今天也不是一個指導教學的好時機，便索性邀請靈風一同前去戰艦上的用餐區用餐。

「哦，妳這是約會的邀請嗎？」

靈風揚笑，臉上的頹喪神色已退去，本來的瀟灑性格又再度浮現。只是君兒明白，靈風只是用笑容來掩飾自己心裡的苦而已。

君兒笑盈盈的解釋道：「反正今天你的狀況也上不了課，不如就跟我講一些草藥調配的原理或符文的知識吧？」

「嗯哼，說白了妳還是想要從我口中探聽出符文的知識嘛！」靈風露出一抹失望的表情，卻是玩笑成分居多。

「靈風你還敢說，明明說好了到新界以後要教我符文的。結果直到鬼先生離開到現在也過一段時間了，你根本連提都沒提。就連『翅膀』的事情你都還沒跟我解釋呢。」君兒說到這，看著靈風的眼神不由得有些埋怨。

「啊哈哈，抱歉抱歉，我忘了……」

靈風尷尬的撓著頭。他是真的忘了，因為一想到回到新界，就想到故鄉、想到兄長、想到魔女即將要面對的未知命運，繁雜的心事讓他忘記自己曾答應過君兒，到新界以後要教她符文的事情了。

不過聽君兒提及了「翅膀」一詞，他不由得眉頭深鎖。想到了君兒前世被牧非煙奪取魔女力量時，又隨即被那兩位大人以全新的符文之力填補靈魂缺口的這件事。

「關於翅膀的事情我還得再想想，而且妳得先找個時間在我面前展現一次給我看，但是在外面不方面談論這件事。不然我就先看看妳對符文的理解到哪種程度了。邊走邊說吧。」

靈風率先一步走出植栽室，君兒緊跟在後。她看著臉色還有些蒼白的靈風，忽然對自己這樣的提議感覺後悔。

「靈風，還是今天你想休息？符文的事情之後再說也可以。你剛剛才經歷了那樣的事情，我不希望你勉強自己指導我。還記得你曾說過，學習符文技巧需要專注跟充足的精神哦！」君兒提醒道，就怕靈風是在逞強。

「我只是想藉此分散一下自己的注意力，一直想著哥哥的事情也不好。不過既然妳都這麼說了，那我們就下次再談吧。下次我會教妳符文技巧的。當然還有關於妳翅膀的事，我也得琢磨一下該怎樣協助妳。」

幾番思量後，身心疲憊的靈風還是同意了君兒的勸說，決定今天就暫時放下對君兒的指導課程。

「嗯，我很抱歉，希望我剛剛的提議沒有造成你的困擾。」君兒自覺的道歉，對自己想要轉開話題卻帶錯話題的這件事感到尷尬。

「是不會啦……我只是一想到哥哥，心裡就煩悶。」

靈風在提到那個讓他受傷的稱呼，還是忍不住彎下嘴角，面露苦澀。他看著身邊神情平靜，真的為他擔心的少女，深藏在心裡的問題就再也藏不住的問出口了。

「欸，笨蛋，如果今天妳一位非常重要的人，做出了和妳截然不同的選擇，同時還可能會跟妳的選擇起衝突時，妳會如何去面對？」

君兒知道靈風心中的矛盾，原先就想安慰他，但她想了想，或許靈風現在需要的並不是安慰，而是一盞能夠照亮他黑暗的指引燈吧？雖然自己還沒能偉大到能夠照亮一個人黑暗的心傷，但她還是決定要將自己一直以來的信念說出口，希望能對靈風有所幫助。

「我會繼續保持我的堅持，並且不會因為任何人而停下我的腳步。」

靈風試探性的繼續追問道：「哪怕那個做出決定的人是妳非常重要的人，例如妳很重視的那位鬼大人，這樣妳也不會放棄妳的堅持嗎？」

被靈風這樣詢問的君兒揚起一抹笑容，「除了作姦犯科，其他的選擇並沒有強烈的是非對

錯，只有自己是否能夠信任自己的選擇、自己能否發自內心的支持自己的選擇。就算鬼先生今天不贊成我選擇了成為強者的這條路，我也會用我的堅持，讓他肯定我的選擇！」

「我會堅定的朝自己選擇的道路走下去，我要超越自己、超越命運、超越魔女既定的宿命——這就是我對自己的誓言。」

君兒眸光燦燦的說著，她眼裡絲毫沒有動搖的神采，讓靈風心裡有些震撼。但要讓如今的他做出決定還太過艱難，於是靈風沉默，不再回應。

君兒看著靈風臉上的動搖，知道現在的他還無法做下決定。

任何人在做決定之前，總會先經過一段猶豫期。

哪怕還存有哀傷，但君兒相信靈風一定也能夠振作起來的！

Chapter 91

動搖

在卡爾斯的私人辦公室裡，此時卡爾斯一臉嚴肅的坐在自己的位置上，看著光腦系統中投影出來的男人影像，將方才紫羽為他查到的資料傳了過去。

「你在新界應該也聽到關於魔女的傳言了吧？這是詳細版的資料。對於這個傳言在這個敏感的時間點出現，阿鬼你怎麼看？」

畫面中的男人在閱覽資料後，臉色變得陰冷如冰。

他和君兒才分離不久，就聽聞戰場上發生了變化，便隱姓埋名的留在民間打探情況。儘管他可以直接詢問族人、羅剎或者是其他守護神，但他總還是習慣用這樣的方式去打聽消息，不打算去麻煩其他人。

他原先是打算在民間待上一段時間，四處看看這世界十幾年來的變化，再回戰族與學院，沒想到竟然就在這短短的時間裡傳出了魔女的謠言。

「消息出現的時間點太過湊巧，而且又是差不多的時間分別由不同的團體或個人同時傳出，不難猜想這是有預謀的計畫。這件事我會再找羅剎談談，我總覺得有些不太對勁。」

戰天穹表面上保持著冷靜，但心裡卻因為魔女的傳言而有些焦慮起來。

或許是因為受到噬魂影響的緣故，所以他潛意識裡有著深層的恐懼，害怕君兒會想起她自己前世的記憶，憶起自己就是預言中那可能會毀滅世界的魔女。

牧辰星當時的絕望與最後的結局，在噬魂的記憶裡留下太深的創傷，他恐懼此生的君兒也會如同前世的牧辰星那樣走向毀滅。戰天穹也因而受到了影響，卻不知道君兒早就夢見了自己前世的經歷，更不知道噬魂早就利用他的身體和君兒見過了面。

卡爾斯看著戰天穹臉上浮現出淡淡的隱憂，忍不住將自己心中的疑問說出口：「『魔女之歌』裡頭有兩句分別是描述『星星之眼』以及她的『蝶翼圖騰』特徵，由此可以得知君兒就是傳言中的『魔女』，對不對？你和羅剎還有君兒都知道這件事嗎？」

「羅剎應該知道，但君兒……如果她聽過這個傳言，應該也猜得到自己就是那位魔女了。」

雖然戰天穹還是有點擔心君兒，但是此時他想起了，想起了那名少女總能用堅定的信念走過最黑暗的時刻、想起了那名少女總是對未來充滿希望。戰天穹這才放下了心中的忐忑，他心裡的擔憂漸漸釋懷了。

他得更相信君兒一些才行！

戰天穹隨後抬起頭，慎重的看向卡爾斯。

「卡爾斯，這段時間幫我照顧好君兒，別讓別人發現她的魔女身分。若有任何消息就隨時聯繫我。還有，羅剎派到你身邊的靈風，你需要多注意他一些，我想，他或許也可能知道魔女的事情，你要打聽一下他對這件事了解到什麼程度。」

「靈風嗎？我會找個時間問問他這件事的。」卡爾斯慎重的點了點頭，表示已將此事記下。

戰天穹苦澀一笑，接著說道：「再過一段時間，我會回去將學院和族裡的事情處理完畢，然後就會自我封印……現在噬魂對我的影響越來越深，我必須花時間將他進行深層封印才行。」

他已經開始受到甦醒的噬魂影響，因而情緒變化難免過大。所以他在猶豫過後，還是決定自我封印一段時間，以防止噬魂在他擔憂外界又心力交瘁之時，趁機入侵他的心靈。

卡爾斯對戰天穹此舉表達了他的無奈。「阿鬼你是不是有些本末倒置了？你都說了，噬魂對你的影響越來越深，那你不是應該要先處理噬魂的事情嗎？怎麼才回到新界又想要擔起家族或學院的責任？你不是在去原界時就已經將這些事都交代給羅剎和戰龍了嗎？」

戰天穹無奈的反問：「你覺得那兩個傢伙真的會乖乖聽話嗎？」

「呃……那你還是再交代他們處理一下，然後先自我封印，把噬魂的事情穩定下來吧？不要因為處理這些工作而拖延了封印噬魂的時間。」卡爾斯開口勸說。但以他對戰天穹的了解，他知道這男人在某種程度上可以說是固執到了極點。只要是攸關他責任的事情，他都會優先擺放於自己的事情之前。

卡爾斯最後又轉達了一些君兒的近況給戰天穹。知道君兒在他離開以後也能好好成長，戰天穹多少也就安心了。

「那麼，卡爾斯，君兒就拜託你照顧了。」

戰天穹慎重的開口請託卡爾斯，隨後便結束了聯繫。對於這一次的事件，他相信君兒能夠如同過去那樣，堅定的跨越這個攸關毀滅世界的魔女傳言的。

看著顯示「結束聯繫」訊息的光腦系統，戰天穹低聲自語道：「君兒，我相信妳能超越魔女悲傷的宿命。因為妳讓我看見了希望，我也得為妳做些什麼才行。看樣子，得儘快前往滄瀾學院尋找羅剎討論這件事才行。之後我就得跟噬魂談出一個我們都能接受的結論出來……」

而就像是回應他的話語一般，腦海中傳來了噬魂虛弱卻又滿懷擔憂的回應。

『……君兒真的能夠超越宿命嗎？雖然今生的她擁有前世辰星所沒有的堅強，但我害怕她又會像辰星一樣……必須死於關係極深的人手中。我不願意看見那樣的結果……』

「既然如此，那你就放棄執著成全我不行嗎？」戰天穹冷酷的答覆，並沒有跟噬魂徹底合一的打算，而是想硬逼著他放棄存在的意義與力量。

聽著戰天穹這樣的話語，噬魂只是冷冷一笑，答道：『自私的男人。為什麼不是你放棄執著成全我呢？只要你希望我消失的一天，我就永遠不會消失……有光的地方就會有影子。你除了接受我的存在以外，永遠不能移除黑暗。』

『唯有接受黑暗面，我們彼此才能成為完整圓滿的靈魂，這樣的我們才有資格能夠拯救君兒，你到現在還不懂嗎？不過，我想這一次，或許我們真的得討論出一個我們雙方都能接受的方案了……』

戰天穹這次沒有回應，卻是第一次動搖了原本抗拒合一的意念。只是，接受黑暗面的同時，也象徵著他必須面對自己不想回憶的那段過去，承認那些他不肯承認的錯誤。

想到這，他便又壓下了與噬魂合一的念頭，怎樣也不肯答應噬魂的提議。

哪怕唯有那樣的方式，他才能夠成為與魔女相對等的完整靈魂，才能有那個資格為了君兒去跟整個宇宙抗衡……

或許就像修煉人常說的，「要戰勝外界的敵人之前，得先戰勝自己的心」一樣吧。目前的他，還沒有戰勝自己內心的力量。

＊＊＊

卡爾斯回想起和戰天穹聯繫時，他眉眼間淡淡的壓抑與暴躁感，不禁皺起了眉。

「阿鬼的狀況越來越糟了嗎？雖然我並不了解星星之眼為何能夠抑制噬魂，但照現在的情況看來，卻彷彿是君兒喚醒了阿鬼的心魔似的……」

卡爾斯思緒敏銳的推敲出了許些內容，卻仍是無法肯定。

「若是按照羅剎當時所說，阿鬼應該要在尋找到星星之眼的存在後，就能夠完全控制了噬魂才對，莫非是遺漏了什麼步驟沒有完成？還是就像羅剎所說的那樣，阿鬼必須敞開心胸接受自己的黑暗面嗎？」

卡爾斯百思不得其解，最後只能無奈長嘆。畢竟連當事人都沒有多說些什麼了，他這個局外人說實在的也沒那個資格去臆測些什麼。只是最近瘋狂流傳的魔女傳言讓他心生疑慮。

身為星盜的卡爾斯一向對命運之說嗤之以鼻，他深信命運是掌握在自己手中的，但這則傳言以及其中牽扯到的兩人，卻讓他的信念動搖了。

回想起阿鬼述說他自己與君兒相遇的過程——他對她生出了異常的熟悉感，這讓一向從不拖泥帶水的他，一反常態的選擇了觀望和暗中協助。並在觀望的過程中受到吸引，直到最後他對她傾了心。

卡爾斯劍眉緊鎖，對於兩人彷彿受到牽引似的互相被吸引跟愛上的過程，直覺好像哪裡有些不太對勁。就像是冥冥之中有隻無形的大手，在操弄著他們兩人的命運一樣。

「為什麼我會如此感覺不安？唉……」

對於友人的戀情，卡爾斯只能默默給予精神上的支持跟祝福了。可心裡瀰漫的不祥感受，卻如同在預示著這兩人的戀情恐怕不會如他想像的那樣平順了。

「不想了！」卡爾斯揉揉額心，決定要先休息一下，之後再找個時間去和靈風談談關於魔女傳言的事情。

＊ ＊ ＊

難得有時間可以偷閒，靈風和君兒一塊去了用餐區準備用餐。只是當他們抵達用餐區以後，卻聽到了星盜們正熱烈討論著關於魔女的謠言，兩人不約而同的交換了眼神，沒有打算參與討論。

靈風也示意這件事容後再談，現在先安撫肚裡饞蟲為先。

兩人外帶了餐點，決定要去靈風的秘密基地——那可以眺望天空美景的觀景花園野餐。

因為難得有時間休息，所以君兒也找了紫羽來觀景花園和他們一起放鬆一下心情。過去她總是在每天的修煉結束後才有時間找紫羽聚一聚，難得現在白天有時間，還可以看看窗外的藍天白雲呢。紫羽自然是開心的同意了，並隨後來到了觀景花園找君兒。

紫羽開開心心的抵達，卻一眼就看到那慵懶躺在人工草地上曬太陽的靈風，原本臉上的笑意馬上就轉為驚訝。

「咦？靈風竟然也在！」

靈風看也沒看紫羽一眼，只是語帶戲謔的回道：「怎麼，我不能在這裡嗎？抱歉喔，癲皮小貓，讓妳這麼驚喜我實在是很不好意思。」

「誰驚喜了？你莫名其妙！」

紫羽忍住想要翻白眼這不淑女的舉動，踩著小碎步來到君兒身旁的草地上落坐。她看到君兒的第一件事，便是急著分享剛剛在卡爾斯那邊發生的事情。

「君兒，剛剛我幫卡爾斯查了份資料，然後他臉色變得好嚴肅喔……不曉得發生什麼事情了，我有點擔心他。」

紫羽難掩擔憂的神情，讓君兒有些訝異究竟是什麼事能讓卡爾斯變了臉色？

「發生什麼事情了嗎？」她關切詢問。

「就是──對了，君兒知道最近有個魔女的傳言嗎？」

「魔女？」君兒黛眉輕顰。她看向靈風，靈風在聽到「魔女」這兩個字時，緊抿薄唇，原先閒散的態度在一瞬間變得僵硬沉重。

「君兒還不知道嗎？那妳先看看這份資料，剛剛卡爾斯哥哥就是看到這篇『魔女之歌』才神情嚴肅的跑出門了。」

紫羽看著君兒困惑大於訝異的表情，猜想一向注重修煉的君兒並不知曉魔女的傳言，她沒有多想的將她先前查到的資料，用隨身光腦分享給了在場的其他兩個人。

君兒看著這首「魔女之歌」，喃喃的將內容唸了出來。

「終焉的魔女就要甦醒……象徵毀滅的蝶烙印於額心之上／璀璨的耀眼星光在魔女眼中閃動／她將踏著死亡之舞而來／展開引領終結的翼……終焉魔女將伴隨著赤紅惡鬼而來／為這個世界畫下終結的句點。」

整段唸完以後，君兒的表情有著愕然。她的拳心竟不自覺的緊握，微微的顫抖著，心中因為這首「魔女之歌」，浮現了駭然之感。

儘管在夢境裡已經夢過自己的前世曾是所謂的「終焉魔女」，但夢境跟現實終究是不盡相同的——哪怕她過去對自己身為「魔女」這樣的事情還存有些不相信。

她先前早有聽聞星盜們討論魔女的隻字片語，卻不完整。如今詳見這流傳的詩歌，卻讓她真切的肯定，她便是這首宛如預言般的末日詩歌裡的主角之一！

靈風語氣沉重的問道：「這是完整的詩歌內容嗎？」

他握緊了右拳，這是他第一次知道完整謠言詩歌的內容。從不知道哪時候開始，他在吸收星力修煉時，就感覺到星力中混雜著某種人類無法判別的異樣能量。那是屬於「精靈」的力量，身為精靈的他自然判斷得出來。異樣能量對人體無害，但他卻感覺到了幾分古怪。

就在不久後，魔女謠言四起，那些熱烈談論魔女的星盜們，身上的異樣能量比其他不熱衷於討論的人還要更多。

那屬於精靈族的異常能量以及「魔女之歌」的內容，靈風很清楚謠言絕不可能是與他們簽下契約的魔女牧非煙，或者是其他與君兒有著密切關聯的幾人所為，畢竟君兒的復活寄託了他們無數的希望。

那麼，唯一具有背叛可能的，只剩下被魔女牧非煙強迫簽定契約的他和哥哥靜刃了。既然他清楚自己並無做過此事，那麼就只剩下靜刃一個可能了……

雖然不清楚「魔女之歌」開始流傳的時間，但當契約發動懲處，靈風也確定了靜刃真的背叛了的這件事。可或許是因為兩人相隔千里之遙，使得他這半翼契約感應的較晚，才使得靜刃背叛所導致的連帶懲罰有了延遲。

此時，紫羽將消息轉達給他們，兩人不約而同的面露凝重。

看著君兒臉上的沉重，紫羽不由得有些慌張。

「君兒你們看出什麼了嗎？是不是跟之前龍族的攻打有關係？不會是戰爭要爆發了吧？」

「癩皮小貓妳想太多了，和戰爭沒關係，這只是一個傳言而已，沒什麼。」靈風沉著聲開口，就是不想讓紫羽也加入散播謠言的行列。他憂心的看向君兒，在發現她臉上除了震驚以外沒有任何負面的情緒，便稍微放下了壓在心口的大石。

只是自己心頭卻反而像是被什麼東西阻塞了似的，悶疼的讓他感覺難受。

「紫羽，我想老大是擔心這樣的傳言，會對龍族先前的攻打而變得浮躁的人心投下一顆不安的大石吧。他可能怕外戰還沒爆發，人類內部就先混亂了。」君兒勉強自己微笑，試圖讓紫羽安心。

可紫羽卻能看出她笑容底下更深的隱藏。

紫羽眉頭一皺，說道：「君兒妳好像在隱瞞我什麼事？」

「沒有。」君兒第一次在紫羽面前說了謊，她迴避了紫羽認真等待答案的眼神，轉開了話題：「不提那個傳言了，我們來野餐吧！」

君兒掩飾自己的情緒，就怕敏感的紫羽感覺到。

可敏感的紫羽又如何能不明白呢？哪怕隨後君兒表現的一如平常，她還是感覺到了一絲虛假。這種被好朋友瞞著的感覺，讓紫羽心中著實感覺委屈難過。

靈風因為知曉了「魔女之歌」的完整內容，在這天的野餐裡顯得沉默。出神的他不再像過去那樣總會出言調笑或者是說些好玩的故事，沉悶的氣氛讓人感覺壓抑。

最後，這場臨時舉辦的休息野餐會，就在三人都心不在焉的情況下結束了。

Chapter 92

決心

隔日，君兒找上了靈風，準備與靈風商談關於魔女的事情。她已經能夠平靜的接受自己身為「魔女」這樣的事實；但一臉憔悴的靈風，似乎還沒能從昨日的消極中走出。

「靈風，你還好吧？」君兒有些憂心的詢問著。她看著那靠坐在調配區旁樹下休息的靈風，上前表達自己的關心。

靈風幾乎整晚沒睡，精神顯得有些委靡。他見君兒來到，便嘆息了聲，神情嚴肅的看向君兒。

「君兒，我得跟妳談件事情。」他語氣嚴肅的說，難得稱呼君兒的本名。

「嗯？」君兒一愣，便來到靈風身邊落坐。

靈風一嘆，疲憊的向後靠上樹幹，說出了自己一整晚思索出來的結論：「若沒意外的話，這一次的魔女謠言，有九成的機率是靜刃推動的……我的契約之所以會發作，我想應該是因為他散播了會對魔女造成傷害的謠言這件事。」

君兒面露訝異，她看著一臉頹喪的靈風，震驚的詢問出聲：「你是說……這一次的魔女謠言，是靜刃策劃的？」

靈風輕輕點頭，將自己先前感應到星力中混雜著異常能量、「魔女之歌」的流傳以及他契約發動懲罰的事情連貫起來，推測出「靜刃背叛」的事實告訴了君兒。

君兒對靜刃並不了解，也不好下定論，只好保持沉默。

「抱歉，君兒。如果真是我猜想的那樣，這表示哥哥那一部分的契約可能不能履行了……」

靈風語帶歉意，臉上有著哀傷。

君兒搖頭表示不介意。

她並不知道靈風和靜刃兩兄弟到底簽了什麼樣的契約。但就像當初鬼先生混進皇甫世家簽訂保鑣契約時，是簽訂了以靈魂作為代價的「靈魂誓約」，若是觸犯條約就會傷害靈魂。靈風和他的兄長想必一定也是付出了什麼作為代價的吧。

君兒一想到有人因為被要求要保護自己而簽下了契約，並將某件事物作為了約定失敗的代價，她對此深感自己的無能為力。

思考了一會，君兒還是說出自己的感受：「沒關係的，靈風的使命是要保護我對吧？但保護我的形式有很多種，不單只有你們兄弟完成契約才能保護我。而且靈風是自由的，我不希望有人因為我被束縛住。」

聽君兒這樣說，靈風也有些感嘆。可惜，打從一開始他就沒有選擇的權力了。一想到靜刃所背負的職責，還有他們倆此生的命運，靈風還是倍感消沉。

「有時候我會覺得好累，好想就這樣放棄。為什麼我和靜刃要背負宿命？」

君兒皺眉。她不喜歡看見靈風身陷負面情緒。

「難道就不能放棄契約嗎？」

靈風苦笑著搖頭。

「不可能，因為……」他猶豫了一會，斟酌著是否要透露一些「交易」的內容給君兒知道。

「延續我們族群存亡的母樹，需要魔女的力量才能治療。」

「那等母樹治療好後，不能解除契約嗎？或者是我這位魔女也有能力可以治療母樹？」君兒接著問道，似乎打算找出任何可以讓靈風解除契約的方法來。

「……那是不可能的，約定就是約定。我和哥哥保護魔女，而另一位魔女則使用力量治療母樹。任何一方都不可以違背這份契約。謝謝妳的這份心意，但是光憑妳受了傷的靈魂，是無法治療母樹嚴重的傷勢。」

靈風哀傷一笑，卻很感動君兒能有這份心意。

君兒還是不能接受這樣的答案。她不懂，如果那位魔女真的是牧辰星的姊姊、她的媽媽，又為什麼要做出這樣事情來？難道就為了保護她嗎？可她不希望別人被強迫著來保護她啊！

靈風感覺到了君兒的憤慨，抬手摸了摸她的腦袋，微微一笑。

「笨蛋是在關心我嗎？謝謝。不過妳不用擔心，雖然說是契約，但其實我也還沒有真正履行呢。畢竟雖然我和哥哥簽訂了契約，但契約只說明了要尋找到魔女並且保護她；而且還需要經過特別的儀式，這樣我和妳之間的連結才能夠建立，我才會真的算是開始正式執行我這一部分的契約。」

隨後，靈風的語氣變得更加慎重：「不過，目前我暫時還沒有打算進行儀式，一方面是因為我還沒做好心理準備……一旦儀式成立，我和妳的性命便息息相關。妳能發誓，妳無論如何都能覺醒成掌管奇蹟的『星星魔女』嗎？要知道，如果妳失敗了，所有人為妳做的一切、所付出的一切都將付諸流水。妳已經做好要跟命運抗爭的準備了嗎？」
被靈風這樣直白的挑明自己的責任，君兒的心情也變得沉重了起來。只是，當她想起了自己對自己靈魂的許諾，便感覺湧現出了力量。
君兒做了一個深呼吸，眼神清澈的說出了自己的答案。
「就像牧辰星在結束一生時期許的那樣，這一世的我，一定會成為職掌奇蹟的『星星魔女』，不要再讓所有愛我的人傷心難過了！」
「我相信只要希望猶存，絕望就永遠不會到來。只要我堅定信念，就一定可以實現我所夢想的未來！」
靈風因君兒的這句話而動容。
「只要希望猶存……」他喃喃重複著君兒的話，忽然覺得未來似乎真的就如同她所說的那樣，只要心中抱持著希望，就一定能夠實現奇蹟！
靈風望著君兒，臉上終於有了笑容，彷彿受到君兒影響一樣，也跟著覺得自己充滿了希望似的。他開口說：「我祝福妳能成功，也期許妳能夠成功。」
君兒感覺到靈風振作了起來，也跟著揚起微笑。
不過，她隨後再度提出了她的疑問：「不過，雖然我說想要成為職掌奇蹟的魔女，但職掌『奇蹟』到底是怎麼一回事？其實我都不太懂。我只隱約知道我現在之所以會站在這裡，是因為有人給了我讓我能重新選擇命運的機會。」

「可是，靈風之前也說了，我身為魔女的力量已經在前世就被人從靈魂中挖走了，這樣失去力量的我，還能算是魔女嗎？會對現在的我有什麼影響嗎？你之前一直不肯告訴我，那現在……可以說了嗎？」

靈風因為君兒的提問而陷入沉默。

良久，他才淡淡的說：「其實，我也不知道什麼是職掌奇蹟。可能跟終焉魔女代表了毀滅的意思相類似。星星魔女代表能夠創造奇蹟或給予奇蹟的意思吧？魔女留給我的契約裡，並沒有對這多說明什麼。」

靈風聳聳肩頭，表示自己也不清楚實情。但他隨後終於給出了困擾君兒許久的問題答案。

「至於被奪去的力量是否會影響到妳……我只能說，覺醒是魔女本身的事，跟力量無關。其他的我就不能多提了。」

「也就是，跟魔女的靈魂有關嗎？」君兒聰慧的得出了答案，卻是一臉凝重。

「嗯哼，這是妳自己猜出來的，可不是我說的喔。總之，不要懈怠對自己的要求或慢下成長的腳步。我想，妳前世之所以被拿走力量，多少也是他們希望妳能夠修煉出屬於妳自己的力量，減低妳濫用魔女的力量而被力量迷失了心靈，失去自我的可能性吧。」

君兒輕挑柳眉，說出自己原先的猜想：「哦？我還以為牧辰星的力量之所以被奪走，是因為他們貪圖魔女的力量，但聽你這樣一說似乎並不是？」

她可不認為牧辰星在死後，靈魂還經歷了那麼痛苦的事情，只是單純為了讓她少用魔女的力量。畢竟，她對夢中出現過的那一男一女有太多的疑點與不了解，有所防備和困惑是必然的。

就算君兒知道其中一位便是她的母親，但她對待自己是如此的溫柔，卻又和靈風兩兄弟做出了這種讓他們痛苦的交易，給了君兒一種她是雙面人的矛盾感。這並不符合在她心目中的母親形象。

靈風並不清楚君兒心中的糾結，他只是淡淡的說出自己的想法：「我不知道他們的理由為何，但至少他們付出了那麼大的努力讓妳能夠重新轉生，還擁有了前世未曾有過的特質和機會，我想，一定是因為妳是他們無比重視的存在。」

「或許吧……」君兒模稜兩可的回應，表示著她的不肯定。

靈風只是一笑，沒有對君兒多加開解。因為他很清楚，這並不是他能夠涉入的範圍，所以他明智的選擇了沉默，將這些留給君兒自己去思考。

「好啦，我給妳一小時的時間休息，之後我們就開始今天的課程吧！」靈風伸了個大懶腰，邊靠著樹幹站了起來，決定不再繼續頹喪下去。

君兒表示了她的質疑：「靈風，你確定你都復原了，現在的狀態已經可以上課了嗎？」

「總比什麼都不做，繼續放任自己沉浸在負面情緒中來得好吧？說妳是笨蛋還真的是，怎麼連這一點都想不通？」靈風語出調侃，恢復了原本的毒舌性格。

「哼，既然你復原了，那今天我們來上符文的課吧？」君兒神采奕奕的提出了請求，馬上就將先前的困擾拋至腦後。

既然現在得不出答案，那就別去糾結答案為何，相信時候到了，答案自然就會出現了！

誰知，靈風竟然擺出了「不」的手勢。

「今天不教符文，我要先看看妳之前提過的『翅膀』。先看看那到底是怎樣力量，之後再教妳怎樣使用翅膀。等這些完成，我才會指導妳符文凝武的技巧。這段時間我會給妳一些更高階的符文書，妳自己拿回去看。妳先去休息吧，一個小時後再過來。」

「哦，好吧……那我先去休息了，靈風也休息一下吧！」

「謝謝妳的關心，笨蛋。」

靈風微笑的送別君兒。

他看著少女離開植栽室的背影，心裡這才下了某個決定……

他不由得想起了那日戰天穹要離開時，君兒朝著戰天穹飛奔擁抱的畫面。漸漸的，他明白了當時心中的痛楚何來，也知道了該如何改變自己對「契約」的想法。

或許就像君兒說的那樣，如果事實就是如此，那就去接受事實，然後轉換一個心態去看待這件事吧。

「靜刃，就如同契約所說的那樣，我們必須奉獻性命去保護一個人。可也必須我們真心誠意的去付出感情，這樣的奉獻才會充滿意義。我知道契約限制了我們的情感，但我至少可以調整我的心態──」

這段時間所發生的事，讓他深切的感受到君兒發自內心對他的關懷。靈風很清楚這並不是男女之間的關愛，而是君兒潛意識裡將他當作了老師，甚至可能是親人一樣的關心。

也因此，靈風終於下定決心，慎重的定義了少女在自己心中的地位與角色。

過去，君兒只是一個他必須守護的陌生對象，所以他抗拒、他排斥；而今日，當他為這樣的角色貼上了不一樣的標誌，過去的抗拒便如春日融雪般的消失了。

「我會將妳當作妹妹一樣的去守護、去保護，就如同哥哥過去那樣對待我一樣……這就是我的選擇。」

靈風低聲自語著，同時，也因為心態的轉變而有了不一樣的心情變化。

他忽然懂得靜刃身為「哥哥」究竟是怎麼樣的一個情感。因為有了一位必須守護的人，所以從心中浮現出力量，而感覺變得堅強！

所以，無論靜刃當時為何會選擇背叛，靈風還是決定要貫徹自己的決定——直到，決定他們命運的最終一刻到來。

Chapter 93

商談

一個小時的休息時間過去，君兒再次站定於靈風身前。

她顯得很激動，雖然不是要學習符文，但她也對自己的那對翅膀有著無與倫比的好奇心和求知欲。

她希望能掌握更多自己的力量，不過還是得先釐清這力量是否屬於「魔女」所有。如果是魔女的力量，她就不能經常動用；但如果不是，那她可得好好把握才行。

靈風淡淡一笑，知道君兒急著想要了解自己所擁有的力量。但他卻不著急，反而慢吞吞的指示君兒，要她把翅膀展開出來讓他瞧瞧。

君兒面露尷尬的說：「我對於那時是如何收回翅膀的沒有什麼印象，現在也不知道該如何張開翅膀……」

承認自己辦不到的事讓君兒覺得有些羞愧。

靈風只是微笑，伸手拍了拍君兒的腦袋以示安慰。

「那麼，今天妳首要的課題，就是找到當初讓妳張開翅膀的感覺。」

聞言，君兒黛眉輕顰，「可是那是在我突破實力時才忽然發生的情況，現在要我再突破實力不太可能吧？」

靈風原本輕拍君兒腦袋的大手，忽然屈指重重一彈君兒額心，讓君兒抱著額頭痛呼出聲。

「妳是白痴嗎？！」靈風哭笑不得的罵出聲來。他看著一臉不解的君兒，對她明明很聰明，有時候卻反而會想不通某些簡單的事情感到無言。

「我說的是感覺，並不是真的要妳做出突破！舉個例子好了，妳想像一下自己吃了很難吃的東西時的反應。」

靈風給出了建議，並讓君兒自己去思考。

「我懂了！」

隨後，君兒一個擊掌，這才了解靈風之所以要自己去回想起「感覺」的理由為何。

「很好，那麼現在妳回想一下當時的感覺，同時實際操作，看看能不能成功讓翅膀重新展開。」

「可是……」君兒此時看向了植栽室的大門，憂心會有人突然闖入。

靈風開口解除了君兒的擔憂：「妳放心，為了今天的課程，我封鎖了這裡，沒有人能夠隨便闖入植栽室看見妳的變化的。」

「那好，我試試看。」

君兒面露慎重，很快就尋了一個位子坐定，開始回想當日突破時的「感覺」。

她記得，那天最初一開始的感覺，是當星力在體內運行，在經過背後的某個區域出現了以往不曾有過的痛楚，那種彷彿有什麼要突破背部延展而出的感受……

靈風看著眼前的少女時而面露痛苦，時而眉心輕顰，知道她還在摸索當時的感受，便拉了張椅子坐在君兒身邊不遠處，以便能夠就近守護她。

只是一段時間過去，君兒已是大汗淋漓，卻始終沒展現個成果出來。

這讓久候的靈風抿起了脣，終於按捺不住的出言提醒道：「不要強硬的操作星力，要用想像的。放輕鬆，想像妳背後有一對翅膀的虛影，讓星力自由的流動，由星力自己決定要如何啟動妳的翅膀。就像鳥兒要張開自己的翅膀那樣，妳要明白翅膀是妳身體的一部分。去平靜的感受，然後——」

靈風還沒說完，便因為眼前君兒的變化而止住了話語。

君兒額心浮現了淡淡的圖騰印記，與之同時，她背後亦有一對呈半透明的蝶翼正緩慢的凝聚成形——可就當翼翅即將完全成形時，君兒忽然面露痛苦，背後的翼翅也在霎時化為虛無。

君兒失敗了！

但能夠凝聚成形已是一大進步。

靈風暗自點頭，知道距離君兒展現翅膀的時機不遠了。只要她掌握到感覺，很快就能重新摸索出展翼的感受。

很快的，就在君兒幾次練習之下，背後那對翅膀的影像也越來越清晰。

比起一開始在突破時展開翅膀的痛楚，這一次君兒在展翼時又有了不一樣的感受——她對星力的敏銳度增加了，似乎連修煉星力的速度也都加快了不少。

鼓掌聲響起，讓君兒清醒了過來。

她睜開眼便看見微笑的望著自己，一臉讚許的靈風正拍著手。

「做得不錯。現在妳可以轉頭看看自己的背後了。」

儘管先前只是感覺上的變化，但君兒在回首看見自己身後那對絢爛的蝶翼，還是忍不住驚呼出聲。

「我成功了！」君兒樂不可支的歡呼出聲。

靈風只是一笑，隨後臉龐卻是染上嚴肅，「好了笨蛋，妳現在繼續維持這個狀態，我要先弄清楚這到底是屬於魔女的力量，還是別的部分的力量。」

君兒一聽，心情很快就冷靜了下來。她壓下自己想要利用翅膀的特性趁機修煉這樣的念頭，靜靜等著靈風檢查自己這對神秘的翅膀。

靈風檢查的方法很簡單，他僅僅是抬起他烙有半翼圖騰的右手背，輕輕碰觸了君兒身後那對如夢似幻的蝶翼。

見君兒沒有反應，只是睜著一雙大眼好奇的關注自己的舉動，靈風臉龐終於有了笑意。他細細的感覺起從君兒翅膀傳遞出的能量感受。

那並不是魔女的力量，而是昔日牧辰星被奪去魔女之力時，被額外填入的力量自動生成的新力量——那是與君兒的靈魂融合為一，屬於「符文」的特殊力量。

靈風解釋道：「我早該猜到了……既然妳在精神力覺醒那時就同時喚醒了靈魂中的符文之力，這表示妳的靈魂應當已經適應了這新的力量。這對蝶翼不屬於魔女的力量，而是屬於符文與妳的靈魂融合而出的新生力量才對。」

君兒聽完靈風的解釋以後，不禁有些驚喜激動。既然不屬於那會讓人迷失心靈的魔女之力，這表示她可以好好的利用這力量了！

「或許這就是妳之所以會被奪走魔女之力的理由吧，這樣的力量是完全屬於妳自己的力量，能發揮多少全看妳的成長。不像魔女的力量，一覺醒便是被力量操控了心靈進而毀天滅地……嘿，笨蛋，妳可以試著飛看看。」

靈風邊說，邊要君兒嘗試展翼飛行看看。

「飛行啊……」

君兒面露苦惱，可也明白靈風既然能指點她順利展翼，那相信也能夠指導她飛行吧？一想到自己當時在嘗試飛行時的狼狽情況，她不由得覺得有些不好意思。

「先說好，靈風不能笑我哦！」

君兒嚴肅的警告出聲，同時像隻鳥兒一樣，開始費力的上下揮舞雙臂，彷彿這樣就能讓身後的翅膀也跟著拍打飛翔。但很顯然，這全然是徒勞無功。她身後斗大的蝶翼勉強的顫動，讓君兒微微飄離地板幾公分的距離以後，便沒有任何的進展。

少女一臉嚴肅的揮動雙手，試圖讓身後的翅膀跟著揮舞，這樣的畫面讓靈風看得有些啼笑皆非。

而看見靈風嘴邊絲毫不掩飾的笑意，君兒臉一紅，尷尬的停下了手邊的動作，身後微顫的翅膀在停下之餘，也讓她落了地。

君兒原以為以靈風毒舌的性格，會先嘲笑她一番，沒想到靈風什麼也沒說，只是微笑的看著她，儘管沒有說話，卻能感覺到他笑容底下藏著的感情。

「很蠢對吧？我那時候就是這樣練習飛的……」君兒窘迫的開口，很清楚自己方才的舉動在旁人眼中看起來有多愚蠢。

靈風一嘆，想起了過去。

他身為精靈，同時也有一對精靈專屬的翅膀，第一次飛行的他在長老面前摔得七葷八素，還是那些慈愛的長老耐心的教導他，他才終於學會飛翔的。

自己也有那段愚蠢的過去，但自己很幸運的得到了長者們的包容與關愛，所以這一次他難得沒有毒舌的嘲弄君兒，而是像昔日的長老那樣，選擇了微笑。

「第一次練習就能飄浮起來算不錯了，不過妳現在的問題在於妳還是將翅膀當作身外之物，而不是像妳的一雙手臂一樣能夠揮灑自如。」靈風直切正題，點出了君兒的問題。

「最好的練習方式，就是妳得暫時忘記雙手，將翅膀當成是自己的手臂來使用。現在妳雙手交握，輕鬆的垂在身前不去使用，用想像的方式去揮動妳的翅膀看看。」

靈風溫柔的嗓音輕輕指引著君兒，讓君兒漸漸放下原先的尷尬，嘗試用靈風給予的方式練習揮動雙翼。

時間就在不停的練習中過去了。

「好了，今天就這樣吧，妳先休息一下。」

君兒鬆了一口氣，這才停止了用想像的方式操作翅膀的練習。她探手抹去額間的汗水，雖然僅僅只是練習了幾個小時，體力消耗的速度卻遠比星力修煉還快。

見君兒因為練習飛翔而顯得有些蒼白的小臉，靈風勸告出聲：「以妳現在的情況，大約一天只能練習三個小時左右，超過這個時間會大大消耗妳的體力。」

「以後妳就在我這裡練習兩個小時，我會幫妳糾正妳的觀念和動作，剩下一小時妳回去再練習。其他的課程時間，我會跟妳講述一些空戰的技巧和注意事項，還有基礎的符文技巧也差不多要開始教授了……」

「好。」

君兒疲倦的回應，就連聽到靈風決定要開始指導她符文技巧也累得高興不起來。

就在靈風打算再提醒君兒一番時，植栽室的大門傳來了有人拜訪的提示音。這讓原本疲憊的君兒面露愕然，手足無措的就想找東西遮掩自己身後的翼翅。

「別擔心，快過來，我先用符文幫妳暫時把翅膀封印起來！」

靈風倒是頗為冷靜，他很快就在走過來到他身旁的君兒身後憑空畫出幾道組合符文，藉此將君兒身後的蝶翼隱藏起來。

力量被封印的感覺讓君兒有些難受、不自在，但現在也只能這樣了。不過，既然有這樣的方法，為什麼靈風之前沒有告訴她？

見君兒面露探詢之意，靈風只是淺淺的回道：「力量要靠自己掌握才能算是自己的，依靠外力來施展或封印，只會讓妳失去掌握力量的本能而已。這個技巧下次再教妳，現在先看看是誰在這個時間來打擾。」

君兒輕點頭，見靈風主動前去解開因為指導她而暫時封鎖的大門，便逕自走去飲水間補充水分。

靈風解鎖了大門，卻讓等在外頭的男人不滿的抱怨出聲。

「靈風，你在搞什麼？你不是一向不鎖門的嗎？」

卡爾斯看著靈風，對他一反常態的鎖上了他的植栽室感覺訝異。

「我在指導君兒一些我的機密技術。」

靈風沒有言明細節，但卡爾斯卻是劍眉一挑，明智的沒有追問下去。

「這個時間，君兒應該還沒結束課程吧？我有事想找你們談談。」卡爾斯轉移話題，跟著靈風走進了植栽室。

「怎麼了嗎，老大？」走出飲水間的君兒，聽聞卡爾斯有事找她和靈風，不由得面露困惑。

卡爾斯一臉嚴肅，「來談談最近風頭很盛的魔女傳言吧。」

這句話讓在場的另外兩人同時愣住。

君兒憂心的望向靈風。

果然，靈風因為卡爾斯提及這件事而冷下了一張臉。

場中的氣氛因為話多的靈風一反常態的沉默，隨即變得壓抑沉重。

卡爾斯臉色未變，想起了戰天穹提到靈風是羅剎刻意安插到自己身邊的角色時，心情頓時有些沉鬱。

他還記得自己當時和羅剎埋怨好符文師難找，羅剎便介紹了靈風給他認識。可他從沒想過，羅剎和靈風，這兩位他賦予信任的好友，似乎在密謀著什麼，沒有將事實告訴他和戰天穹。

這種被好友瞞在鼓裡的感覺不好受，尤其他又是那種絲毫不會隱瞞朋友自己秘密的人。朋友這樣的矇騙，意味著對他的不信任。

＊＊＊

靈風最後領著兩人來到植栽室裡的休息區。

卡爾斯自來熟的尋了個位置落坐，而君兒則是自動自發的接手了靈風意欲泡茶的舉動，讓落了個清閒的靈風跟著坐到了卡爾斯對面。

「……你想知道什麼？」靈風率先打破沉默，語氣有些低沉。

卡爾斯雙手在腦後交疊，蹺著二郎腿，看著靈風的眼神有著審視。他詢問道：「關於魔女的事情，你知道多少？」

君兒因為卡爾斯的問話而繃緊了神經，在感覺到兩人之間的緊繃氣氛後，有些不知如何是好。

「我該迴避嗎？」君兒在想，這樣嚴肅的場合她是不是應該要避開？

卡爾斯擺手制止了君兒意欲離席的舉動，「君兒，這也和妳有關，留下來聽吧。」

「哦……」君兒看了沒有反應的靈風一眼，再看見卡爾斯眼中的堅持，只好找個位子坐下，安靜的聽著兩人討論。

「魔女的事情我知道很多，可能比你和鬼大人知道的還要更多。但很多事情我還不能說，除非到了可以說的時機……」靈風邊平靜的回應，邊把玩著手中的茶杯。

卡爾斯因為靈風的回答而神情一凜，他冷聲問道：「有什麼事情是不能說的？魔女的事情可是關係到君兒和阿鬼，這一次我可不會這麼容易就算了！你和羅剎到底瞞了我們些什麼？！」

靈風沒有因為卡爾斯嚴厲的語氣而有任何退卻，他依舊平靜，用著一種疏離卻又無奈的語氣回答了他的問題。

靈風一聲輕嘆：「有時候，不要知道太多事情比較幸福。這些事老大你還是不要參與比較好，我頂多能跟你說一些不會牽扯到事件核心的事情。至於羅剎大人為何不對鬼大人講述事實，是因為這中間牽扯了太多，尤其是跟他的黑暗面息息相關……」

「那君兒呢？妳知道最近流傳的魔女謠言嗎？」卡爾斯皺著眉，憂心的看向一旁面色平靜的少女。

君兒輕輕點頭，平靜的給出答覆：「之前紫羽才跟我說過關於傳言的事，我也知道那首『魔女之歌』裡提到的魔女就是我。」

她的眼神清澈，就像未曾受到謠言影響一樣，絲毫不懼外頭對她的流言蜚語。

看著這樣的君兒，卡爾斯心有讚許。就跟戰天穹所相信的那樣，君兒擁有能夠跨越這樣傳言的能耐。

靈風接著說：「君兒的部分，我有跟她本人大概解說過，而她的狀況老大你也看到了，基本上君兒很有自信，意志力也很強大，這一世她是很有可能超越前世的悲傷——」

「等等！」卡爾斯遽然打斷了靈風的話語，面露愕然。「什麼前世？你在說哪門子的鬼話？」

靈風一愣，懊惱的撓亂了額前的瀏海。

「都忘了老大你不知道詳情了，我想想該怎樣跟你解釋才好……」

「我來說吧。老大，事情是這樣的——」

君兒主動接下了靈風為卡爾斯解答的工作，將自己所經歷以及知曉的部分向卡爾斯概略講述了一番。只是在講解的這段過程，她憑著感覺隱瞞了一些細節與含糊帶過一些片段，只是大致上說了一遍，讓卡爾斯了解部分的前因來由。

卡爾斯的臉色因為君兒的講述而有所變化，時而震驚、時而蹙眉、時而傻愣。

「前生今世——君兒是魔女的轉世，戰天穹和噬魂的淵源竟然是如此……這些不是只存在於科幻小說中的橋段嗎？真不敢相信……」

卡爾斯震驚的不能自已，他手托額頭，翡翠色的眼眸瞪得好大，怎樣也不能夠相信君兒所言述的那些內容。

儘管君兒只是簡短的轉達了前世魔女牧辰星的簡單故事、噬魂戀慕牧辰星的事、戰天穹和噬魂與她之間的關聯性、還有她今生所要超越的命運。但這樣就已讓一向不聽信命運和這類神秘論點的卡爾斯，陷入一片驚愕混亂之中。

「老大的承受力太低了，君兒還只是提了部分而已，你若是知道了全部的內容，會不會嚇到精神異常？」靈風調侃笑道，同時還不忘毒舌一番。

「呿！我是太驚訝了好嗎？要知道阿鬼那個悶騷男可是絕口不提，更別說羅剎總是一向愛裝神秘！現在終於知道了這些事，不驚訝才怪。」卡爾斯不悅豎眉，惡狠狠的瞪了靈風一眼。

不過也因為靈風恢復了本來的輕鬆狀態，出言調侃之餘也和緩了本來緊繃的氣氛。

「但是……」卡爾斯隨後一嘆，神情變得憂鬱。「君兒若是沒能夠超越這世的宿命，就會變得跟謠言說的一樣，毀滅世界嗎？」

他看向眼前模樣清秀的黑髮少女，除去那罕有的黑髮黑眼，若不是背負著魔女之名，君兒其實也只是個平凡的女孩而已。一般這個年紀的女孩還是被家人寵愛呵護的對象，不像君兒已經獨立自強，必須為了超越命運而追求力量與成長。

「君兒，若是撐不住了別一個人強忍著，妳有阿鬼、還有老大我可以求助。雖然阿鬼那傢伙現在不在，但老大我可是把妳當成妹妹在看的喔，有任何事情都可以來找我。妳不是一個人在戰鬥的，知道沒有？」

卡爾斯嚴肅又溫和的說，讓君兒揚起了笑，就當她想要開口謝謝卡爾斯時，一旁被冷落的靈風硬是插了句話進來。

由於靈風坐得位置距離君兒較近，他手一攬直接搭上了君兒的肩膀，狀似親暱，卻對卡爾斯反諷說道：「老大你閃邊去，要當君兒的哥哥我還比你夠資格。你這老娃娃臉不要在那厚臉皮了，都是可以給君兒喊祖爺爺的年紀了，還自稱什麼哥哥？裝年輕！」

「你這雜毛假紳士是存心想惹毛我的是吧？！你自己不也是可以給君兒喊聲祖爺爺的年紀了嗎？」卡爾斯額間青筋凸起，齜牙裂嘴的對著靈風咆哮出聲。

「至少比你年輕太多了。」靈風一個聳肩，嘴角卻是惡意揚笑。「老人家脾氣別那麼壞，對身體可不好唷！」

他對著卡爾斯擠眉弄眼，最後卻是忍不住先笑出聲來。

卡爾斯惱羞成怒的站起身，一手怒指待在坐位上一臉閒散的靈風。

「我充其量不過也只是大了你一倍年齡，才不老呢！真正老的是戰天穹和羅剎那兩個傢伙！」

君兒在旁邊看著卡爾斯和靈風互相調侃，大多時間都是靈風優雅的激怒卡爾斯，但不難看出這兩人只是表面上的互不相讓而已。雖然兩人的語詞激烈，卻都眼帶笑意呢。

見似乎沒自己的事情了，君兒便起身告別。

「老大，沒事的話我想先回房休息了。」

「回去記得練習我交代的功課。」靈風招呼了聲，隨後轉頭繼續調侃卡爾斯。

君兒笑著道別，這一次卡爾斯沒有再挽留她。

就在君兒離開以後，卡爾斯和靈風之間打鬧般的爭執，像是深具默契般的停了下來。

卡爾斯一嘆，坐回座位上。

「靈風你還有事情沒說的吧？我相信君兒說的那些事是真的，但你是不是還知道些什麼君兒不知道的事？」

「……有些事現在我還不能說。對了，老大，之前龍族攻擊虛空屏障的後續如何了？」見靈風轉開話題，卡爾斯一聽便知道今天是沒辦法從他口中得知其他訊息了。

「狀況不太好，再加上魔女的末日謠言，整體而言其實新界現在還挺亂的。你也知道人心很容易被煽動。過段時間羅剎應該就會召開戰備會議，並對全世界發布正式通告。」

「那，不久後我們就得前往碎石帶開採星力源礦了嗎？」靈風喃喃的問著，語氣帶上了一絲惶恐。

卡爾斯困惑的看了靈風一眼。

「沒錯，這不是我們一直以來的任務嗎？在戰備時期總得去那個危險的地方，盡可能的開採更多的源礦回來作為戰爭儲備。這一次也可以讓君兒見見世面，讓她感受一下戰爭的緊張氣氛。

不過，這一次狀況不同以往，我比較擔心我們負責的區域會有精靈出現。同時，還要防備那些總愛趁亂搶奪資源的惡劣組織來犯。」

靈風沒有回應，只是嘆息。

隨著君兒逐漸掌握魔女的力量，他也得做出決定和君兒完善他這部分的契約了。

他緊了緊右手，手背上那道半翼的圖騰少了左半邊的翼。而遺失的那另一半翼，便身處在遙遠的碎石帶「精靈族」之中。只要他和魔女的契約正式完成，就會開始自主的吸引另一半翼回歸——這預示著他和靜刃將無可避免的重逢。

「老大，如果你有一個很重要的人，選擇了和你截然不同的人生方向，並且可能會對你造成阻礙，你會怎麼做？」靈風哀傷的向卡爾斯問起他先前對君兒提問過的問題。

卡爾斯對靈風難得提出這類型的問題而感到訝異，卻是堅定的回應：「我會尊重對方的選擇，但也會根據我所選擇的道路繼續走下去。人生不就是這樣嗎？如果顧慮別人太多，反而會忽視了自己。但我們得先尊重自己的決定與意向，才能真正貫徹我們的意志直到最後！」

靈風一愣，片刻後卻是苦笑：「若是我沒辦法下定決心呢？」

「那就去尋找啊！找出讓你能夠堅定信心的信念！」

卡爾斯灑脫一笑，抬手重重的拍了拍靈風的肩。

「雖然不知道你這傢伙最近怎麼了，但應該也是遇上了需要做出重大抉擇的時候吧？嘖，你和戰天穹都有一個同樣的特點，那就是喜歡自己鑽牛角尖，怎樣也不肯說出自己的困擾。有時候可以找我聊聊，雖然我不一定能給你建議，但說出來總比悶在肚子裡爛掉好吧？」

卡爾斯語帶無奈的說：「兄弟就是用來吐苦水的嘛！你們幾個有事都爛在肚子裡不說，是不是沒有把我當兄弟啊？」

「老大，抱歉。不過我這不是問你了嗎？」靈風微笑回道。

「嗯哼。」

卡爾斯最後和靈風又聊了一會後便離開了。

被留下的靈風苦笑出聲，他無奈的喃喃自語道：「就因為當你是兄弟，所以才不願將你牽扯進來……」

Chapter 94

戰族

新界・戰族大城

這是一座石砌而成的碉堡式深灰色大城，是戰族位於新界的主要根據地。

大城沉穩的色系象徵著戰族的扎實根基，那傳承久遠的城，承載了千秋萬載的戰者之心，沉穩、粗獷、凶悍，如同一座盤踞在山林間的深色凶獸，充斥著一股強烈的尚武氣息。

這座大城的城牆外圍掛著深紅色的旗幟，描繪著戰家的家徽，一個蒼勁霸氣的「戰」字。僅僅看著那面戰字旗，就能深深感覺到戰族的強勢與那其中深含的堅強信念。

「戰族」，新界的三強家族之一。

與其他兩大家族不同，戰族的血脈中並沒有任何特殊的天賦或能力，但卻是傳承多代而流傳下來的一個古老姓氏。

也因為這個姓氏所代表的意義，戰族是出了名的以「戰」聞名，家族中出了不少強者——其中最有名的，就是人類五位守護神之一的「戰神龍帝」！

也有人說，在久遠以前的時間，還有另一位撐起戰家天地的前輩……可那個人不知為何，卻沒有在族譜上留下紀錄，就好像被遺忘了一樣，知情人也都三緘其口，不願多談。

可是所有知曉內情的戰族核心成員都知道，他們戰族並不僅僅只有一位守護神，應該是有兩位才對……

至於那位被下了禁言令的存在，至今仍在暗中庇護著戰族。

由於戰族尚武，大城領地裡頭設有無數的訓練場。天真的孩童與沉穩的大人無不認真的鍛鍊自己，人人皆以成為一名強者為目標。

儘管偶爾會出幾位破壞戰族名聲的敗類，卻是甚少，因為極其嚴苛的族規以及傳統讓人不敢鬆懈。再加上集體尚武與崇仰先祖的意念，讓戰族人各個基本上都是合格的戰士。

大多數人哪怕無法在修煉上有卓越的進展，也能在其他領域獲得發展。

在戰族大城中最外圍的貿易城區，來往的人群眾多，絕大多數都是外界來的商人或攤販，偶爾會出現幾位赤髮赤眼的戰族人，卻是不多。

生氣蓬勃的城區瀰漫著濃濃的商業氣息，熱鬧不已。

這天，有位穿著紅黑色斗篷的赤髮男人踏進了戰族大城。在經常有戰族人來往的大城中，男人的出現對其他人而言是尋常之事，並沒有多加關注。

戰天穹看著別離十幾年的故鄉，不由得發出了感嘆。

歲月總是會在任何所能見到的地方留下痕跡。他看著熟悉的街道，過去那些熟悉的店面招牌因為世代交替而變更了不少，心裡頓時浮現歲月滄桑之感。

「戰族……我回來了。」

戰天穹低語，邁開步伐朝城中心的建築走了過去。

儘管他一向不喜歡熱鬧的地方，卻總會在久別故鄉以後，混在人群中慢慢走回族居，順便感受一下久違的城內氣氛。

戰族城中人潮洶湧，做生意的熱情吆喝、年幼的孩童互相嬉笑打鬧。

戰天穹看著這平凡又樸實的一幕，眼神平靜且滿足。

隨著他的腳步自城外圍的貿易區走進內城的戰族人居住區以後，原本街道間充斥的熱鬧氣息逐漸轉為內斂的平靜，一旁被牆面包圍的訓練場地不時傳來鍛鍊的吆喝聲。

或許貿易區的尋常居民與商人旅客並不知曉戰天穹的身分，但是隨著越接近內城中心，便開始有戰族人從他的衣著上認出了他的身分——紅黑雙色的長斗篷，上頭有著惡鬼標誌，這是只屬於戰族某位大人所獨有的專屬記號。

但現在大多數戰族人只知道這位大人在族中擁有非常顯赫的地位，卻不得而知其他更多詳情。除了極少數地位較高的戰族人略知一二以外，關於他的一切就像一個謎團，只知道這位大人被稱作——

「鬼大人！」

駐守戰族內城的一位戰族守衛在看見戰天穹後驚喜的高喊出聲，神情恭敬。

「您終於回來了！」戰族守衛喜悅的笑著，可以看得出他對戰天穹的歸來非常欣喜。「我去通知族長您回來的事情。」

隨即，守衛就想將戰天穹回來的訊息傳達出去。

「不用麻煩了。」戰天穹制止道，只是對這位盡忠職守的族人點頭表達謝意，便逕自朝內城中心的族居走了過去。

儘管他這樣說，族人還是盡責的將消息轉達給了其他人知道，很快的便有一行人站立於族居門口迎接戰天穹的歸來。

「鬼大人您終於回來了！」為首的中年男子滿心喜悅的笑著，臉上滿是恭敬與激動。「謝謝大人找回了我失蹤的兄長，一直沒能夠向鬼大人親自道謝，真的很抱歉……」

這名男子便是君兒爺爺的弟弟，戰無情，也是現任的戰族族長。

即使身為族長，他對上身分特殊的戰天穹也不敢太過放肆。

「嗯，能尋得無意也是意外之喜，只可惜……」戰天穹想起了在原界找到戰無意的時候，他已然老邁衰弱的面容以及沒能夠見到他最後一面的遺憾，這樣的心情沖淡了他歸族的喜悅。

「至少我們找到他了……但先不提這個了。鬼大人，有些事情我想您得先知道才好。」戰無情先是哀傷一笑，隨後卻是臉龐染上嚴肅。

戰天穹只是淡淡的望了他一眼，「如果你是想提『魔女傳言』的事情，這我已經知道了，那不礙事，隨便外頭的人怎麼傳吧。」

「可是——」

「戰龍那小子呢？」戰天穹打斷了戰無情的話語，他劍眉緊鎖，將話題帶到了另一個人身上。

戰無情顯得很是尷尬，無奈答覆道：「龍大人在鬼大人您離開家族沒多久，就前往龍族戰場去了。」

「那混小子！」戰天穹冷哼了聲，臉上瞬間浮現讓人心悸的凶戾。

而他這突來的表情變化，卻是讓戰無情大驚失色。

「鬼大人，您的狀況還好嗎？詛咒是否又……」戰無情憂心忡忡的問著。

「……將戰龍擱置的公文都送到我房裡去，我先把那些事情處理完畢。」戰天穹迴避了這個問題。

儘管擔心，戰無情還是迅速的交代手下將資料一一擺放至戰天穹的辦公桌上。

饒是一向很有耐心的戰天穹，在看見辦公桌上堆了滿滿的公文以後，還是忍不住眼角直跳。

「戰龍那混小子……」

這些大多是牽扯極多又無比重大複雜的公文，儘管平常皆由身為族長的戰無情處理，但有部分公文還是需要得到戰龍或戰天穹的批准才能執行。不過，只看這厚厚數疊、積欠已久的公文，就知道被戰天穹交代要處理這些事的戰龍，有多長時間沒有履行公務了。

戰天穹無奈的開始了枯燥乏味的繁重工作，卻絲毫沒有打算和其他族人打招呼或有所接觸。一回族，便埋首工作。

「鬼大人，您還好嗎？要不要休息一下？」

戰無情這位族長自告奮勇的擔當戰天穹的助手，就在他拿來不知道第幾批待審的公文後，便佇立在戰天穹桌邊，擔憂的看著臉色不佳的他。

儘管戰天穹看似面無表情，但眉眼間卻帶著一絲難掩的煩躁和怒氣，這與過去冷靜沉穩的他相差甚大，也是讓戰無情擔心的主因。

「我沒事。」戰天穹頭也沒抬的回應著，只是看著文件的猩紅色眼眸有著淡淡的惱惱。

戰無情將最後一批需要批改的公文遞給了戰天穹以後卻沒有離開，扭捏的站在那欲言又止。直到戰天穹忙完一個階段的工作以後，才注意到這位族人還佇立在那。

戰天穹一愣，問道：「無情，你還有事情嗎？」

他揉了揉眉心，試圖舒緩眉眼間的疲倦感。隨後戰天穹才打量起眼前這位中年模樣的族人來。他原本冷漠的臉龐因為來人擁有與戰無意，也就是君兒爺爺相仿的樣貌，因而稍微緩和了幾分。

若是君兒看見此人，一定會訝異於此人和爺爺長得是如此的相像，只是一位已然老邁，一位卻正值壯年，氣質也大不相同。

戰無情尷尬的撓著後腦勺，終於等到了戰天穹有空檔，可以詢問他一直想要打聽的那件事。

「那個，鬼大人……我想問問我哥哥在原界託孤的那個女孩兒的狀況，她叫君兒對吧？我想知道她的一些情況，不曉得鬼大人能否告知一二？」戰無情侷促不安的問著，深怕打擾了戰天穹。

自從接到在原界找到兄長下落的消息以後，他就一直牽掛著兄長在信件中託付的那個女孩。雖然兄長已逝，但這個未曾謀面的女孩卻成了另一種信念的寄託。

在兄長戰無意失蹤的這段時間，君兒是唯一和他共同相處過一段時日，也是最親近的人。讓戰無情忍不住想要了解更多有關兄長失蹤這段時日的經歷。

聽旁人提起了君兒，戰天穹的臉色不經意的變得柔和。

「……那女孩和你哥哥一樣，自信又堅強，同時還有些固執，只要決定了的事情就不會反悔。雖然也跟無意一樣受到了不少磨難挫折，卻也都咬牙撐過來了。」

戰天穹簡短的講述了一些君兒在皇甫世家遭遇的事情，被其他大小姐排擠欺辱後仍不放棄希望，身處優渥環境仍不忘努力向上，只是儘管戰天穹隱瞞了許多，戰無情卻聽出了君兒其實過得並不好的深層含意。

膝下兒孫滿堂的他，一想到兄長身後未留子女，唯獨只有這個撿來的乾孫女苦命相依。兄長死後，這個女孩過得是艱辛困難的日子，從來沒享受過舒適平靜的生活。光是想到這，他就為君兒感到滿滿的心疼。

戰無情眼懷盼望的問道：「好一個堅強的女娃兒。那聽鬼大人這麼說，她應該通過您的考驗，值得得到我們戰族的庇護了吧？」

「嗯，她沒有在那奢華環境失去本心，這樣的堅定意志就足夠了。」戰天穹給出了答覆，同時嘴角悄然彎起一抹淺淺的笑弧，就彷彿君兒這樣的成功也是他的驕傲一般。

然而，戰無情卻因為戰天穹的這抹笑而大感震驚。

那位總是隱藏著真實情緒、面無表情的鬼大人，竟然……笑了？

戰無情用力的捏了自己的大腿肉，直到感覺疼痛才真正確定了這樣的事實。

可戰天穹的笑只在一瞬間展露，隨後再度被他藏起，臉色又恢復成原先的平靜。

他這樣的隱藏情緒換來戰無情的一聲嘆息。

「您總是不願對族人坦露情緒呀……」戰無情低聲的嘟囔著。「都過了千年了，族裡幾乎沒有人記得昔日您犯下的錯誤了，哪怕就算記得，也沒有人再埋怨過您了。」

戰天穹苦澀一笑，說出了回應：「我知道，但我還不能原諒自己。」

他擺手示意戰無情不要再問。

「下去吧，我要休息一會，過段時間我要回滄瀾學院自我封印了，但我會在族裡待上一段時間，這段時間有什麼事情可以找我協助，我會盡可能的替家族多做一些事。」

「鬼大人您好好休息……」

就在戰無情走出戰天穹專屬的辦公廳後，幾位模樣老邁卻又不失精神的老者馬上迎了上來。這些老者身上皆是披著戰族長老才能穿著的制式半身斗篷。

戰無情有禮的招呼著這些戰族核心的長老一輩，並隨著長老們來到附近的一間靜室裡頭。

長老們不約而同的打聽起了戰天穹的狀況。

「鬼大人難得回來，可以的話，無情你能否代為詢問鬼大人，請大人抽空撥點時間出來指點族中小輩？」一位老邁的戰族長老期盼著得到答案，希望能藉著這個難得的好機會讓戰天穹與族中後輩親近一番。

表面上身分僅次於族長的戰天穹，由於長年在外不常歸族，許多年輕的戰族子弟並不了解他。這位長老希望藉由指點互動，讓他們可以更了解這位鬼大人，而不至於對這位鬼大人感覺陌生。

戰無情看著這位戰族長老，只是嘆息。

戰天穹近年來已經大大減少親自指點族人的次數，一是因為族中已經擁有足夠多的強者可以指點後輩；二是因為他習慣隱於幕後，就連擔當學院教官也多只是小班教學，不習慣一次面對太多的人群。

並不是說鬼大人厭惡熱鬧，他們知悉詳情的族人都知道，這位鬼大人其實比誰都渴望那樣的熱鬧氣氛，但他身上的詛咒再加上長年未能放下的自我譴責，讓他自覺自己不值得被族人這樣恭敬對待。

戰無情搖頭給出了答案，讓那位長老面露失望。

「鬼大人總是這樣，他還是無法忘懷過去嗎？可以的話，真希望鬼大人能走出過去的陰霾。」

「我們有誰不是這樣希望的呢？」戰無情無奈笑道，又和其他幾位擔憂戰天穹情況的長老大概說了一下他的情況。

「不過，鬼大人竟然會主動提說要看顧一個外族女孩，哪怕那個女孩是無意託孤的對象，我還是覺得有些不可思議。」
一位長老提到了這個話題，引來其他長老的附和。
「儘管那是兩年前的事情了，但這會不會跟最近謠傳的魔女有關？裡頭提到魔女會伴隨著惡鬼——」
戰無情皺著眉，打斷了長老們的議論紛紛：「這事就別提了。你們別忘了，哪怕我們知悉鬼大人的身分，但鬼大人可是曾經要求過我們一概不允許提及或討論任何可能牽扯到他身分的事情……哪怕我們是這個家族少數不多的知情人也一樣。」
這句話讓長老們紛紛嘆息出聲。
是啊，哪怕他們這幾位核心家族成員知道鬼大人的身分那又如何？對鬼大人來說，他的名字以及外頭賦予他的稱號都是一個禁忌。
就如同他親手將自己的名字自族譜上刪去一樣，他寧願作為戰族的惡鬼，也不願承認他那足以與其他守護神平齊的稱號。
一位長老頹然一嘆：「族裡的年輕一輩對鬼大人太過生疏了，除了那幾位就讀滄瀾學院的年輕孩子們還對鬼大人有所了解以外，其他人都快不知道戰族有位鬼大人了呢。這種明知鬼大人為家族付出了何其多，卻全都不能說出口的感覺實在很痛苦。」
「畢竟，這是鬼大人長久以來的心結。真希望有人能夠開導他走出陰霾……」
戰無情因為某位長老的這句話，進而想到了在和戰天穹提到「君兒」時，他面露微笑的情

況，這讓戰無情的心裡不由得多了些許想法。

或許，那個讓鬼大人讚許不已的女孩，能改變這位總是隱忍情緒的鬼大人也不一定？

Chapter 95

翼

「什麼？！爹回到戰族了！」

戰龍原本因為忙於公事而顯得煩悶的心情，頓時因為族人傳來的訊息而雨過天青。他驚喜莫名的就想要直接回到戰族大城，卻被另一張辦公桌後，同樣忙於公事的羅剎冷冷喝住。

「你戰族的公事都處理完了？」

羅剎的語氣夾雜著諷刺與警告，硬是讓戰龍壓下了想馬上回族內探望養父的急躁。戰龍臉色先是僵硬，隨後變得尷尬窘迫。他囁嚅道：「……沒有。」

「哼，那我相信你爹應該已經在戰族大發雷霆了，你要回去踢鐵板就去吧。」羅剎一聲壞笑，繼續埋首於眼前那堆如山高的公文中。

此時戰龍那張粗獷豪邁的臉龐上，因為想起了之前養父對交代之事未達成的嚴酷，不由得變得有些蒼白。

可以見得在他小時候那段被戰天穹教育的過往經歷，至今還是影響他極深。

「我還是先幫你把學院這邊的公文批完好了，至少可以少挨頓揍。」戰龍憋屈的坐回辦公桌前，悶悶不樂的繼續先前的工作。

只是，因為得知養父回到了戰族，他就像個坐立不安的孩子一樣，總會在一段時間過後就翻出隨身的小型光腦，偷看族人是否有傳來關於他養父的其他消息。

就在一條訊息傳來以後，戰龍「咦」了一聲，卻是劍眉緊鎖。

訊息提到了戰天穹的狀況並不妥當，似乎因為噬魂影響而顯得脾氣有些暴躁。而這一次戰天穹被噬魂影響的程度更甚以往，讓戰無情很是擔心，於是特別傳來訊息，希望戰龍能夠早點回族，將狀況不妥卻硬是要忙完公事的戰天穹帶至滄瀾學院，以便讓「陣神滄瀾」羅剎能夠就近協助他自我封印，藉此壓制蠢蠢欲動的心魔噬魂。

「羅剎，我爹他的情況……是不是變嚴重了？」戰龍沉聲問起了這段時間有與戰天穹聯繫的羅剎，語氣中滿是關切與擔心。

羅剎頭也不抬的說道：「是變嚴重了沒錯，不過這是好事。」

他這樣的回答讓戰龍更顯得疑惑。

「你什麼意思?你明知道爹以前被心魔控制因而犯下滔天大罪，這一次的情況比以往還要嚴重許多，這怎麼可能稱得上是好事？」

羅剎抬起頭來，望向皺著眉的戰龍。

「事件之所以一再發生，並不是這事件要擊倒誰，而是提醒該去面對這件一直被迴避的事情。」他平靜的說。

「你別跟我說，噬魂這樣的躁動，是因為時間到了吧？」戰龍不以為意的回道。

羅剎只是淺淺的揚笑，回道：「確實，時候到了……這是霸鬼該決定自己未來的時間點了。是合一還是分離，是毀滅黑暗面或者是接受黑暗面，他的選擇將會影響到另一位與他靈魂相對等的存在……」

聞言，戰龍緊鎖的眉心皺得更深了。聽聞羅剎語中那意喻不明的字句，他將心中困惑問出口來：「和我爹『靈魂相對等的存在』？從以前我就有聽你說過這個詞幾次，但那是什麼意思？不會是說噬魂吧？我聽你說過，噬魂其實是我爹的靈魂碎片……雖然我搞不太懂那是怎麼一回事，但跟這件事有關聯嗎？」

「是有點關聯，不過我想以你那顆只懂得戰鬥的單細胞腦袋，要理解這樣艱深神秘的事情太困難了，我懶得跟你解釋太多。」

羅剎白了戰龍一眼，顯然不想跟他解釋更多的細節。

「呿！現在不懂不代表以後不會懂啊，你就跟我說說會怎樣？別老是像個女人一樣扭扭捏捏的，坦蕩蕩的說出來不行嗎？！」戰龍不爽的開口，語中滿是不被告知真相的不滿。

這時，羅剎忽然望向某處，彷彿跨越了空間看見了什麼，金燦的眼眸閃過一絲感嘆。

既然君兒已經正式抵達新界，那麼有些事情應該可以說出口了吧？

「記得我提過的魔女嗎？」

羅剎主動提起了這件事，卻不等戰龍詢問，便逕自說了下去。

「魔女就是和你爹靈魂相對等的存在，他們擁有極其相近的靈魂頻率，所以他們會互相影響彼此的命運。你爹因為和噬魂這個靈魂碎片的分離，因而變成不圓滿的靈魂，只有當他成為完整的靈魂時，他才能夠改變自己以及魔女的命運。」

羅剎沒有提及擁有相類似靈魂頻率的人也同樣會受到吸引。他可不認為戰龍這個尊重自己養父到了某種極端程度的男子，能夠在短時間接受將他養父牽連到魔女謠言中的另一位謠言主角—

—也就是轉世的「魔女」君兒。

這其中牽連到前生今世以及太多更深的內幕，說出來他怕戰龍無法接受。等過段時間戰天穹回來，再由戰龍敬重的他親自對戰龍解說吧。

戰龍聞言為之愕然，沒想到那傳言的魔女竟然真的跟他養父扯上了關聯！他僅僅以為那個傳言是有人刻意為之抹黑他養父的謠言，沒想到「魔女」與「惡鬼」竟然會有這等關係？

「也就是說，那個魔女謠言其實是真的？」戰龍後知後覺的認知到這個事實，頓時臉色變得鐵青了起來。「魔女真的會和我爹一起毀滅世界？！」

「那個謠言有真有假，但魔女和惡鬼存有關聯這點是真的。只是魔女最後究竟會不會毀滅世界，就全看他們兩人如何為彼此的命運而努力了。」

戰龍眉頭一皺，直覺自己敬愛的養父被牽扯進一件無比龐大的事件中。

「儘管如此，我還是不喜歡那個什麼魔女……總有種不祥的預感，彷彿只要我爹一旦牽扯上魔女，就好像會發生什麼意外似的……」

戰龍喃喃說出自己心中的感受，直覺抗拒魔女與他養父存有關聯的這件事。這沒來由的直覺在心底滋生蔓延，加深了他對那位未曾謀面的魔女的排斥感。

「能在這一生遇上魔女，戰天穹可以說是幸運的了……如果錯過今生，就沒有來世了。」羅剎低聲自語，語中滿是感嘆。

「什麼今生來世，我只相信當下的永恆啦！」

戰龍大剌剌的說著，不打算再多談有關於魔女的討論。他低著頭，一臉憂鬱的扯過一疊公文，繼續那讓他氣悶的審核工作。

「不提了，族人有說爹最近就會趕來學院了，得趕緊幫你把公文審完才行。」

很快的，辦公室裡頭只剩下戰龍邊低聲咒罵、邊審閱公文的細碎響聲。

另一頭的羅剎依舊沉默，只是他妖異俊美的臉龐上，卻染上了一絲淡淡的擔憂。

他想到，只要戰天穹多推遲一天面對噬魂，君兒未來的處境就越危險的這件事……然而，誰也沒辦法主宰戰天穹的決定，就連君兒也僅僅只是影響他可能改變想法的關鍵而已。

唯一能做出決定的，就只有戰天穹自己。

＊＊＊

時間一天天的過去，就在戰天穹回到戰族時，君兒練習掌握翅膀的力量也有一段時間了。儘管君兒已經能夠善用翅膀所帶來的附加能力加速修煉的速度，但將翅膀用於戰鬥卻還只有初學等級。

就在君兒知道翅膀並不是屬於魔女的力量以後，她便打算好好學習如何使用這對神奇的翅膀，讓它在戰鬥中可以做到出奇不意的效果。

只是，理想終究與現實有很大的差距。

「妳這個笨蛋！空戰跟地面戰不一樣的地方在於妳全身都可能出現破綻，我不是說過永遠不要忘了來自妳背後的危機嗎？妳怎麼還是仗著自己能夠飛行，就忘了攻擊也有可能來自後方！或許妳能夠憑藉著翅膀高飛，但不代表在戰場上的其他人沒有凌空飛行的能力！」

靈風嚴聲斥責君兒，臉上滿是恨鐵不成鋼的怒氣。

君兒知道等領域進化成空間以後被稱作「星界」，而「星界級」的強者可以調用自身領域空間的力量進行凌空飄浮甚至是飛行。卡爾斯的星盜團裡除團長卡爾斯之外，第二擅長空戰的便是靈風了。

如今被靈風這樣喝斥，君兒不免感覺有些羞愧，想到這段時間靈風盡心盡力的指導，自己卻總還是會遺忘了在戰場上攸關生命的重要關鍵。

或許多少是因為君兒已經習慣了鬼先生那樣冷酷的教學方式，而靈風採用的方式太過溫和，這才讓君兒鬆懈了對自己的要求。

鬼先生是只要知道她有一個缺點存在，便會毫不留情的給予實質上的打擊，施予讓君兒永生難忘的慘痛教訓，讓她在幾次教訓過後便慎重記住要修正那樣的缺失；靈風大多只是言語上的喝止與提醒，或多或少讓君兒有些不能習慣。

當然君兒也很清楚，每個人的指導方式多有不同，目前她所能做的只是希望靈風嚴苛點對待她，其他只得由她自己多注意一些了。

「抱歉……」

君兒滿懷歉意的道著歉，再一次提醒自己下次肯定要注意這樣的缺失。

靈風一嘆，招呼君兒落地暫時休息一下。

「唉，虧老大還說妳天資聰穎，不過怎麼那麼多次了，卻還沒把我一再提醒的事情記下來？……是妳還不能習慣我的指導方式嗎？」

他看著君兒臉上的尷尬，多少也猜出了答案。

這讓靈風有些困擾的抓亂了自己的瀏海，一臉無奈。

最後，他乾脆問起了戰天穹過去是如何指導君兒，決定以此為參考，修正一下之後的指點方案。

「嗯……鬼先生只要知道我有缺點，就會針對我的那個缺點進行打擊和刁難。例如在格鬥技巧對練的時候，他會特別對我經常會出現破綻的地方進行攻擊。在這方面他是沒有靈風這樣『溫柔』，可是我覺得如果我真的想要快速成長，那樣的打擊是必須的。」

君兒喃喃說出過去她被戰天穹指導的心得。

靈風面露深思。

「鐵與血的教育方式嗎……？」

靈風不曉得要做到哪種程度才能夠讓君兒順利學成，畢竟這也是他第一次擔當「老師」這樣的職務，要如何教導也是他需要學習的。

「靈風會想聽我希望得到什麼樣的指導方式嗎？」君兒見靈風疑惑，再聯想他這段時間有些僵硬與不靈活的指導方法，決定要提出自己的意見給靈風一個參考方向。

「哦？妳說說。」靈風決定聽聽這位「學生」的建議。

「靈風有提到說，我總是會忘記要防守背後吧？但靈風從來都只是言語上的喝止，可以的話，我希望靈風之後都不再只是用言語告誡，直接攻擊我的弱點就可以了──這樣幾次以後，我就會記取教訓，記得要防守我的弱點部位。」

靈風因為君兒的提議而抿起了脣，神情有些抑鬱。

「妳是希望我攻擊妳？」

他不覺得這是一個好方法。

難怪有人說戰天穹的指導方式很殘酷，但……卻也很實際。

「這樣我才能在有限的時間裡，用最快的方式得到成長！」君兒緊握拳心，臉上有著堅持。

靈風沒有回答她，卻是問起了另一件事：「之前老大暫時代替我指導妳的時候，也是用這樣的方式？」

他有些困惑，畢竟他有很長一段時間沒有擔任過「學生」的角色了。過去兄長在指導他知識時是非常嚴苛沒錯，但日後指導他戰鬥技巧的卻是寵愛他的長老們，理所當然的不可能進行什麼殘酷的教學方式，而是循序漸進的教導他戰鬥技巧。而今日要讓他改用那樣的指導方式，或多或少讓他不知該如何拿捏尺度。

君兒誠實的回應道：「老大他沒對我手下留情過。」

言下之意，還是靈風下手太過「溫和」了。
「……是嗎？」
靈風顯得有些挫敗。第一次身為人師，卻沒能夠盡到職責，讓他感覺失落。
君兒不是聽不出靈風語氣中的消沉，她微笑著鼓勵靈風：「雖然靈風是第一次當老師，但我覺得靈風還是有些地方不錯的哦！例如靈風點出了我的很多缺失，還有告訴我可以用什麼樣的方式修正那樣的缺點，這是以前鬼先生不會告訴我的事。鬼先生更傾向於讓我自己去發現答案……所以有時候我可能會困在一個地方很久很久，直到鬼先生看不過去，他才會給我指引。」
「靈風雖然一開始就給出了答案，但如果能夠配合實戰讓我親身了解體會，我想我會學得更好更快吧。」
君兒沒有多提鬼先生如何指導她的好處，卻是提起了靈風這樣指導方式的優點，這樣多少讓靈風心裡平衡了一些，也逐漸放下了原本忐忑不安的心情。
「抱歉，我不是一個好老師。」靈風拍了拍君兒的腦袋，表達自己未能盡責的歉意。「但我會盡可能的把我會的都教給妳。之後我會試著用看看妳說的那種方式教導妳。請原諒我是第一次當老師。」
「嗯，那就先謝謝靈風囉！」
君兒揚笑，知道靈風有聽進了她的意見，只是施行還需要一段時間。他們一師一徒可以慢慢摸索最適合彼此的指導方式。

「如果靈風在實戰上，能像指導我草藥學那麼嚴肅就好了。」

靈風一愣，說道：「哦？這麼說來，如果用那樣的心態，我或許就可以更嚴格的指導妳了也說不定。嗯嗯，值得參考。」

「這樣我真的很好奇，靈風以前是怎樣被教導的呢？」君兒睜著一雙烏眸，眼帶好奇的看著靈風。

「就是在玩樂之中學習啊，無論是戰鬥或者是草藥知識，都是在類似玩樂的活動中學起來的。所以我真的沒辦法進行太過嚴肅的教學，死板的指導模式不適合我。」靈風聳肩，說出了自己過往被教育的方式。

不過他說著說著，突然有了教學的靈感。他雙手擊掌，面露恍然的說道：「對了，都是因為妳一直說要我嚴肅的指導妳，害我都忘了可以用那樣的方式進行教學了！」

君兒一臉困惑，等待著靈風給出解答。

靈風啟唇一笑，「就是用玩樂的方式指導妳怎樣使用翅膀啊！今天開始我們就來玩吧。我教妳如何開心的飛翔！」

說到玩，這可是他最擅長的！

「來吧，笨蛋。展開妳的翅膀，飛起來吧！」

由於靈風換了一個教學方式，雖然並不是君兒當初所期望的，卻給君兒帶來了另一種不一樣的感受。

與過去戰天穹的嚴肅指導不同，靈風用了他過去學習時的輕鬆方式，透過玩樂的方式，和君兒玩起了「點後背」的遊戲——雙方利用各自的力量飛起，然後看誰先點到誰的後背，誰就贏了的遊戲。

「哇啊，靈風犯規！明明說不可以使用符文技巧的！」背後被輕點的感覺讓君兒不滿的發出埋怨，可或許是因為心情輕鬆了，她操作翅膀飛行的狀態也變得輕鬆自在了許多。

「嘿嘿。」靈風一陣怪笑，凌空飄浮著的同時手邊也抓握出了符文雙槍。「我可沒說不能使用武器啊，也沒說不能阻擋我的攻擊，是妳太笨了，笨、蛋！」

他在這樣指導君兒飛行的過程中，不忘君兒原先的建議——希望能被攻擊自己的弱點，警惕她要隨時要保護自己的破綻。而透過這樣玩樂的形式，再加上一些趣味的挑戰，無形間讓君兒透過另一種方式學會了保護自己。

「飛吧，展開妳的雙翼，就當作那對翅膀是妳另外一雙手臂。」靈風循循善誘的指引君兒更了解那對神秘的翅膀，卻又趁君兒認真學習飛翔時偷偷攻擊了她。

「靈風太可惡了！」君兒抱怨道，嘴邊卻同樣有著笑意。不過，她看著靈風透過星界級強者的力量凌空高飛，那面對空戰也泰若自如的態度，讓她好生羨慕。

「總覺得靈風好像也有翅膀似的，星界級強者都像你一樣，能夠將天空當成是地面一樣的輕鬆自在嗎？」

靈風卻是神秘一笑。「或許，妳有一天能見到我的『翅膀』也不一定。」
君兒只當靈風是在開玩笑，沒有意識到靈風語中的肯定之意。
靈風見狀，也沒有多加解釋，他自己心裡明白，遲早有一天君兒會知道他和另一位魔女騎士靜刃的真實身分的。

Chapter 96

走出黑暗

當戰天穹結束了最後一份公文，他這才鬆了一口氣，略微活動了一下這段時間因為沒日沒夜批改著公文而有些僵硬的肩膀。

「這樣這段時間的工作就完成了。戰龍那混小子，竟然累積了那麼多公文沒處理，要不是族裡還有一些長老在主持事務，家族不被他搞垮才怪，唉！」

戰天穹面露無奈，對那位喜好戰鬥卻不愛管家族事務的養子很是沒轍。他知道要求戰龍在他離開家族時關照一下家族有多艱難。這傢伙別趁他不在把族裡搞得天翻地覆就很好了。都那麼大的人了，在外頭名聲響叮噹，在族裡卻是個麻煩製造機。

「呵呵，這不是還有鬼大人嗎？只要鬼大人在，龍大人管不管族裡事情都沒關係了。」戰無情站在一旁接過戰天穹遞來的最後一份公文，笑盈盈的說出了他的想法。

只要這位鬼大人在的一天，戰族就永遠無後顧之憂。

這幾乎是所有知情戰族人的認知了。

自從戰族早年來到新界開拓新世界，距今已有幾千年的時間，這段時間裡名目上的戰族族長一代代輪替，但這位隱身幕後的鬼大人卻才是真正的戰族族長。他彷彿成了戰族的精神支柱，只要他存在，戰族就能屹立不搖。

對戰無情的表示，戰天穹只是面露苦笑，卻是沒有回應。他知道族人對他的信賴，但心裡更多的是對族人的愧疚。自己過往犯下了錯，卻還讓族人這樣信賴自己這個罪人，總覺得自己不值得被這樣善意的對待。

「我休息一下，過段時間我會去向無意上個香，然後便要啟程前往滄瀾學院了。」戰天穹向後靠上椅背，闔上了眼閉目養神。

「啊？鬼大人不多休息個幾日嗎？至少、至少再多待個一週吧？」戰無情因為他表明離意而面露緊張，開口希望戰天穹能多留幾日。

然而，戰天穹只是沉默。

看著他這樣的態度，戰無情輕嘆了聲，明白戰天穹並不願正面回應他的請求。他闔眼靜默的態度，表示了他需要一個人獨處的時間。

於是，戰無情收拾好手邊的資料，默默的離開了房間。

直到戰無情離開，戰天穹才再次睜開了眼，神情卻是充滿糾結。此時，他腦海中又傳來了噬魂那陰魂不散的低沉笑聲。

『呵呵，族人其實都沒有人再怪罪你了不是嗎？放下自我譴責不好嗎？這樣背負著自我責難的大石，難道你不累嗎？』

噬魂一連幾個問句，字字句句都戳痛了戰天穹的心。

「……閉嘴。如果不是因為你的存在，我有必要這麼痛苦嗎？」戰天穹冷聲回應。

『並不是因為我的存在讓你痛苦，而是你將自己所不能接受的黑暗推給我，所以你才會痛苦。』噬魂語氣同樣冷漠，卻是語帶嘲諷。

戰天穹交握於身前的雙手，因此繃緊浮出了青筋，但他卻在幾次深呼吸後平靜了心中因噬魂發言浮現的怒氣。然而，他很清楚這只是表面上的平靜，他的內心早已因為噬魂這段時間時不時出現的發言，開始動搖與混亂了起來。

『不要什麼事情都怪罪於我，有時候受傷是你自找的、背負沉重罪孽是你自願的——畢竟，沒有「誰」叫你扛起那些過往，而是你自己決定要扛起的，不是嗎？怪罪黑暗是一種逃避事實的情況，你不僅僅是在逃避面對我，你也是在逃避你自己。』

噬魂這一次沒有像過去那樣語出刻薄，反而是冷靜沉穩的陳述著事實。

「我不知道……」

這一次，戰天穹的答案不同以往的尖銳與反抗，反而帶上了濃濃的困惑。

因為君兒的關係，戰天穹這才開始有想要好好審視自己過去的意思，為的就是怕自己對自己責罰與不敢面對過去的懦弱態度，讓君兒對他失望。

回到族裡的這段時間，他想了很多。

他嘗試去接受噬魂提及他們本是同一個靈魂的這件事。但是在慢慢接受了噬魂是他的黑暗面以後，卻又深陷更多的迷惘之中——他得承認那些一直被他否定的一切，得接受自己自私、貪婪、負面與邪惡的那一面。

他就像一個個性自大的人始終不肯承認自己的自大一樣，一旦當他選擇了面對自己、自我反省的時候，要承認自己自大卻是最困難的過程。

『……至少你已經在思考這件事情了，總比你過去不肯承認要進步太多了。』

噬魂幽幽的聲音傳來，已是語帶疲倦。

他和戰天穹不斷的爭奪意識主導權，雙方不斷的排斥與抗爭，早就為彼此消耗太多的力量。只有當主導意識的戰天穹放下抗拒，彼此才能放鬆防備，各退一步的平靜談話。

噬魂就像戰天穹存於心中的一面鏡子一樣，映射著他對自己的不能諒解與自我抗拒。唯有當鏡子前的戰天穹解除敵意，鏡子裡照映出的噬魂才會同樣解除武裝。

儘管戰天穹還沒辦法完全接受要與噬魂合一、成為完整靈魂的這件事，但能夠放下防備，心平氣和的與噬魂對話已是一大進步。

「我還需要時間……」

最後，戰天穹疲倦的雙手掩面，不再去想這些。

＊＊＊

結果戰天穹還是因為同意戰無情的提議，而在族裡多留了幾日。儘管大多時間他都待在自己的房間裡頭，只有深夜時分才會悄然來到族裡的族屋屋簷上眺望整個戰族大城，幾乎沒有和族人有所互動。

但認識他的族人，僅僅是因為他多待了幾天而歡喜不已，這不禁讓戰天穹既感慨又感嘆。

這日，他終於決定要啟程離開戰族，前往滄瀾學院。但在離開之前，戰天穹沉默的來到了家族聚地的一處隱密地帶。

這位於聚地的一處隱密角落，建造著一棟沉穩大氣的殿堂，這棟建築便是存放他們戰族歷代以來所有已逝族人靈位的戰族祖祠。

在尊敬先祖這方面，戰族依舊依循著古老的傳統，不忘先祖為後輩留下的付出。

然而戰天穹僅僅是來到祖祠之前便停下了腳步，沒有理會裡頭負責守衛的族人恭敬的為他開啟了祖祠厚重的大門，只是沉默的佇立門前，沒打算進入其中。

在他到來以後，一直安靜的跟在他身邊的戰無情便示意其他族人離開，留給戰天穹一個獨處的安靜空間。

戰天穹看著那棟他已有千年未曾踏入的祠堂，眼神複雜。

他自認自己是個罪人，沒那個資格踏進祖祠拜祭已逝的族人。

一旁守候的戰無情，看著戰天穹絲毫沒有打算入內的意思，不由得在心裡嘆息著。

「鬼大人，您就放心吧。至少無意大哥死後還能回到戰族，而不是淪落在外成為一具無名枯骨。我很感謝您將他帶了回來，至少了了我這些年來的願望。我相信大哥一定也是滿足的，因為他終於回來了……」戰無情語帶哀傷，神情卻是感激。

兄長三十多年前的不告而別，一度讓他茫然失措，還是鬼大人幾句淡聲的鼓勵與安慰，讓他接下兄長原來擔負的職責，成為新一任的戰族族長。

而如今，久別的兄長終於回來了，哪怕再無法見著他一面，卻也了結了戰無情這些年來心中的結。

「唉……」戰天穹嘆息著。

無意，你放心的走吧，我會照顧君兒的……

他在心中低語，同時就像為那位已逝的族人守靈一樣，靜靜的在大殿前的空地前佇立。

他因為實力關係而存活了漫長的歲月，然而漫長的壽命帶給他的卻是無數的分離與傷痛。身為長輩的他雖然容貌年輕，心靈卻已是歷經滄桑憔悴不堪。

一代代的戰族人誕生、成長，爾後又是一代代的戰族人逝去、離開，他就像一個位於世界之外的旁觀者一樣，默默觀望自己親族的生死聚合。

一開始是懷抱著愧疚，不敢參與族人的互動；但日子久了，卻是忘了該如何跟族人互動相處。他只當自己是戰族的影子，隱藏於戰族黑暗中的惡鬼，靜靜的守護著這讓他嚮往的世界。

『你有想過，如果君兒和你在一起，就必須和你一樣一起游離於族群之外嗎？』噬魂略帶譴責的嗓音響起。『她必須和你一樣只能遠望家族的和樂與親密，永遠和你一起隱藏於黑暗之中。』

對於噬魂的質問，戰天穹啞口無言的不知該如何反駁。

『君兒應該是能夠得到更多關愛與照顧的好女孩，你捨得讓她跟你一起身處黑暗嗎？』

『你捨得嗎？』噬魂又問了一次這句話。

「捨不得。」戰天穹苦澀的給出了回應。

一旁的戰無情聽不見噬魂於戰天穹腦海中的話語，便因為戰天穹突兀說出的這句話而困惑回首，不解戰天穹為何會突來此言。

戰天穹也沒有打算解釋，卻警惕自己不要讓旁人察覺他正與自己心魔的對話——那只會讓旁人對他更加擔心。

『那麼就為了那顆星星，走出黑暗，擁抱光明吧。這是我給你的忠告。你很幸運了，不像我，連擁抱辰星的機會都沒有了……』

噬魂語帶顫音，不難想見因為提及了辰星，喚醒了他心中最深處的痛。

戰天穹想起君兒溫柔的笑顏，不自覺的握緊了拳。

儘管心中仍有惶恐、儘管對踏出那一步感覺緊繃，但他想要為了自己所愛的人，嘗試努力去改變。

為了君兒……我想，走出黑暗。

噬魂感覺到戰天穹在心靈上有了突破，不禁有了幾分欣喜。至少這會是一個好的開始，相信他能夠接受自己這個黑暗面的時機不遠了，唯有光暗統一那時，他們才真正掌握了能夠保護君兒的力量。

戰天穹最後看了祖祠一眼，心想，或許等他真正能面對過去時，一定要帶著君兒一同來祭拜他已經許久未曾親手拜祭的已逝族人。

「無情，約兩年左右的時間過後，無意的乾孫女淚君兒，就會依照和我的約定來到戰族……

好好照顧她。」

「是！」雖然還要兩年時間，但戰無情找了他兄長已有三十來年，並不在乎多等個兩年。而且他也很想看看那個女孩到底是怎麼樣的人，竟然能讓一向不表露情緒的戰天穹面露溫柔。

隨後，戰天穹向戰無情交代了一些事情以後，便撕開空間，踏上了前往滄瀾學院的路程。

戰無情望著戰天穹離開的方向，又看了看身後的祖祠，面露盼望。

當事人或許沒有講清，但戰無情這個局外人卻看得一清二楚。戰天穹在提及君兒時，眼神總會不自覺的變得溫柔，這點似乎連本人都沒有察覺。

儘管一開始戰無情否定自己的猜想，但這段時間裡，這位在族裡一向冷漠嚴肅的鬼大人，卻每每因為提及那位少女時，表情及眼神都會變得溫和柔軟，讓人實在不難看出他對那位少女的重視。

只是一想到戰天穹的真實身分，以及他與那位少女有著某種密切的關聯，讓戰無情無可避免的聯想到魔女謠言中的「魔女」與「惡鬼」一事。畢竟，戰天穹便是世人稱之為「惡鬼」的黑暗守護神「凶神霸鬼」啊！

戰無情有些憂心。這表示那名少女是否可能就是傳言中的魔女？因為她是目前與戰天穹最親近的女性了……

「希望是我多想了。不過，就算是可能會帶來災難的魔女那又如何？我們戰族的凶神霸鬼一樣被人們與災厄畫上等號，卻還不是守護人類世界的一大戰力？」

戰無情心裡如此想著，同時神情浮現驕傲，對著已然離開的戰天穹說出了他的祝福。

「鬼大人，我和族人等著您正式回歸戰族的一日。希望那位讓您面露微笑的少女，能治好您心裡的傷。」

Chapter 97

如今卻是疏離

羅剎和戰龍兩個人此時正以此生最快的速度，瘋狂批改著手邊堆積的公文。

當他們接到戰天穹傳來了「我不久後就會抵達滄瀾學院」的訊息以後，原本已經很拚命的兩人，更是使盡全力試圖了結這些某人回來看到後，會怒火爆發的「犯罪證據」。

趴在辦公桌上忙碌的兩人根本沒時間交換意見，只是自顧自的埋首完成工作。

然後，就當羅剎辦公室一角忽然傳來了有人使用空間移動瞬移抵達時特有的空間波動，兩人不約而同停下了手邊的動作，紛紛抬頭往該處望去。

身披紅黑雙色斗篷的赤髮男性一臉平靜的自空間縫隙中走出。

對方原本平靜的臉龐，在踏出空間縫隙，因為看見了不遠處辦公桌後的兩人以及他們身旁那分量十足的公文小山堆以後，臉龐頓時變得陰沉暴戾。

「慘了。」戰龍一臉蒼白，大有想要當場落跑的想法。不過雖然心裡這麼想，他卻不敢付諸行動，因為他很清楚，若他真的逃跑，他這位教養嚴苛的養父就會直接施出暴力鎮壓他。

「嗨，霸鬼，十幾年不見了你氣色還是一樣好啊，哈哈哈……」羅剎一臉尷尬，試圖擠出一抹微笑來掩飾自己沒有完成戰天穹交代的工作的心虛。

回應羅剎的是戰天穹朝他掃來的一記怒瞪。

戰天穹忍著自己看到那堆看得出堆積許久的公文因而攀升的怒氣，只是他額上浮凸的青筋卻表明了他的不悅。

他才剛處理完家族的公事，沒想到連這裡也累積了這麼多，邊這樣想著，戰天穹惱的目光頓時瞪向他交代過要好好監督羅剎工作的另一位當事人。

戰龍接收到戰天穹眼中毫不掩飾的質問，趕緊在戰天穹爆發前承認自己的錯誤。

「爹，我沒做到和你的約定，沒有好好監督羅剎工作是我的錯！這段時間因為龍族那裡有了變化，讓我一心只想鎮守戰場，疏忽了家族和學院的事務，因而讓羅剎的工作有了拖延。之後我會好好的幫助他把這些全部處理完的！」

儘管這番解釋充斥著許多矛盾，但戰天穹還是因為戰龍這番頗具誠意的發言以及誠實認錯而臉上慍色稍有退卻。只是隨後，他卻因為戰龍對他的某個稱呼而又再次蹙起了眉。

「我說過，不要再喊我那個稱呼了。」戰天穹的語氣帶著疏離，似乎並不承認戰龍對他的那聲稱呼。

戰龍一愣，粗獷的臉龐竟因此浮現了挫敗之色。

「知道了……鬼先生。」他苦笑的改了對戰天穹稱呼，臉上寫滿失落。

不知從何時開始，那總是嚴厲又溫和的養父忽然對他表露了疏離。似乎是從他成年禮之後開始的吧？養父開始拒絕他的親近以及他喊出那一聲聊表親近的「爹」，開始要他改稱那極其疏離的「鬼先生」一稱。

羅剎看著這對養父子之間的僵硬氣氛，不由得嘆了口氣。

「霸鬼啊，我原以為遇上君兒，會讓你的壞脾氣好上一些，沒想到你還是這樣死腦筋。不過就是一個稱呼，不需要那麼冷漠的對待你親手拉拔大的孩子吧？」羅剎老成的說著，大有替戰龍打抱不平的意思。

回應他的是戰天穹一貫的沉默。

戰龍則回以羅剎一抹感激的眼神，卻也注意到羅剎語中提及的一個陌生詞彙。

「等等，君兒……是誰？」戰龍皺眉，不解為何羅剎會忽然提起一個陌生人的名字。

羅剎只是淡淡的回應道：「這件事讓霸鬼自己跟你說吧。」

「啊？」戰龍一愣，困惑的望向戰天穹。

戰天穹面帶冷漠，卻說：「在談那件事之前，你們先把手邊的工作處理好吧。羅剎，雖然我有其他的事情想要找你談，不過現在我的狀況不太好，之前的事情我們之後再算帳。現在借你的神陣核心一用，我需要一個完全安靜的空間。你們忙完後再來找我，這一次我需要羅剎你協助我自我封印一段時間。」

語畢，戰天穹頭也不回的再一次撕開空間，離開了此處。

他這樣不同以往的反應，讓被留下的兩人面面相覷。

戰龍因為戰天穹這次並沒有打算處罰他的意思而鬆了口氣，隨後卻感覺到了怪異；羅剎則是面帶深思，金眸在思考片刻後閃過了一絲了然。

戰龍皺眉，滿是擔憂的說道：「我爹他……狀況真的不太好呢。平常若我們沒完成他交代的工作，我總是會先挨上幾頓揍，而羅剎你則會被我爹抓去武力切磋。可是這一次他竟什麼都沒說，就這樣直接去了神陣核心……是因為噬魂越來越難控制了嗎？」

羅剎說出了他的猜想：「與其說噬魂越來越難控制，不如說，霸鬼可能已經做好了面對黑暗面的心理準備了吧。」
戰龍表現出一臉不可置信的樣子。他養父無法面對黑暗面長達幾千年之久，這一次才外出個十來年，回來就有這麼大的進步與變化？……莫非，是羅剎提到的那個人帶來的變化？
「等等！君兒這個名字怎麼那麼耳熟？我好像在哪聽過的樣子？」戰龍粗神經的用手撓著頭，怎樣也想不起自己為何對這名字感到熟悉。
最後還是羅剎無奈的賞了他一記白眼，給出了解答：「那是你家族一位失蹤許久的族人『戰無意』，在幾年前自原界傳訊來託孤的那個女孩的名字。我知道你一向不管戰族的事務，但好歹也關心一下自己家族的近況好嗎？你看這件事我都快比你還清楚了。」
聽羅剎這樣一提，戰龍才恍然想起似乎有這件事。不過他為了求證，還是翻出了自己的隨身光腦，查找起了與之相關的舊訊息。
「哦！所以爹在原界多駐留兩年時間，就是為了查探那女孩的心性值不值得我們戰族庇護嗎？……不對！爹不是這種會多管閒事的人！他怎麼會無緣無故去關照那外族女孩？！」
「你忘了你爹去原界的目的為何了嗎？是為了尋找擁有星星之眼的人啊。」羅剎不禁嘆息一聲，覺得跟直線思考外加有些單細胞的戰龍對話，讓他腦細胞死了不少。
「星星之眼關那女孩屁事——靠，該不會我那位失蹤族人託孤的那女孩兒，就是爹要尋找的人吧？！」戰龍先是咒罵，隨後才終於明白這兩者之間的關聯性，頓時面露驚愕。

羅剎一聳肩頭，皮笑肉不笑的說道：「恭喜你終於大徹大悟了。」

戰龍劍眉緊鎖，在明白那位少女擁有「星星之眼」後，聯想到了魔女與惡鬼的傳言，很快就推論出了更多事實。

「所以說，羅剎你一開始要我爹去尋找的人，便是擁有星星之眼的魔女，是嗎？」

羅剎面露欣慰，感慨道：「如果你每一次都能像這次一樣那麼快開竅，我想我會很樂意跟你一起工作的。」

「重點不是這個！」戰龍拍桌而起，一臉震怒。

「那個魔女可是害我爹被牽扯進災難謠言的存在欸！都是因為她，害得人們再一次想起『惡鬼』所代表的災厄之意。羅剎你是不是早就知道這件事，為什麼還讓我爹去尋找魔女？難道魔女真的擁有能夠讓我爹完美控制噬魂的能力？」

羅剎平靜解釋道：「與其說是完美控制，不如說是個讓霸鬼能夠下定決心面對自己黑暗面的契機吧。其實，面對黑暗面並沒有你們想像的那麼困難，困難的部分在於霸鬼必須為此做出決定。」

儘管如此，他的回答還是無法讓戰龍心服口服。

或許戰龍待在戰天穹身邊的時間並沒有羅剎漫長，但身為戰天穹的族人兼義子，他可以說得上是非常重視這位自幼拉拔他長大的養父。

這些年來看著戰天穹為心魔所苦，他可以說是最擔心的那個人。

雖然他一直盼望戰天穹有一日能夠治療好過去的心靈傷痕，但如今他卻開始惶恐起了戰天穹是否承受得住昔日累積的負面情緒？那長達千年的自責，沉重的足以摧毀一顆表面堅強、實則脆弱的心。

看著戰龍臉上毫不掩飾的擔憂，羅剎只是連連嘆息。

「你也知道霸鬼那傢伙決定的事情一向不會反悔，更何況他什麼都沒說，那些也只是我的猜測而已，你緊張什麼？現在先把工作忙完，再趕去核心那看看他的狀況再說吧。」

羅剎說完便繼續埋首工作，不再理會欲言又止的戰龍。

「魔女真有本事讓我那個固執的爹，放下千年的逃避轉而面對自己嗎？我才不相信！」戰龍冷哼一聲，心裡存有濃濃的疑慮。對於一個外來陌生的存在，他心裡更多的是防備。

羅剎只是微笑，心中卻早已有了答案。或許，戰天穹真的能為了君兒改變自己也不一定。

花了不少時間，羅剎與戰龍才終於把手邊的工作結束。

相較於羅剎的溫吞，戰龍倒是急著想要趕去「神陣核心」探望戰天穹。

「神陣核心」位於滄瀾學院正中心高塔的地下深處，那裡不僅僅是支持著、守護著整個滄瀾學院符文法陣的中心，更是「陣神滄瀾」設置的一個超大型星球防禦法陣的中心。只是非戰備時間，這座法陣大多的功能都處於休眠狀態。

當兩人透過「星域級」強者特有的瞬移能力，撕開空間來到這地下幾百公里深的核心時，不約而同的因為該處瀰漫的負面氣息而皺起了眉。

這是一處寬無邊際的符文大廳，無數閃動著流光的符文自動汲取大氣中的星力維持運作。而大廳中心，一座被純由符文書寫而成的符文序列所包圍的微縮法陣正穩定的運作著。

而此時，法陣中多了一道盤坐的人影。

只見戰天穹周身瀰漫著讓人感覺壓抑的不穩定力量，那濃烈的負面感受使人跟著心生負面情緒。幸虧隨後抵達的兩人心性堅強，沒有任何的動搖；若是尋常人，早就因為那樣濃烈的負面氣場而被汙染心靈。

戰天穹解除了遮掩真容的道具，嶄露皮膚上鐵灰色的區域。他被鐵灰色覆蓋的左臉龐因為噬魂的甦醒，而亮起了深紅色的楔形文字，為他平添一絲妖異感。

戰龍張口就想叫喚他，卻又想到了戰天穹先前對他的疏離，那一聲怎樣也改不了口的「爹」，始終喊不出來。

「開始在釋放負面力量了嗎？」羅剎喃喃自語著，面帶嚴肅。

他示意戰龍留在法陣外圍待命，自己則頂著那讓人感覺壓抑的負面力量踏進了法陣，直往法陣中心的戰天穹走去。

羅剎皺眉，開口詢問道：「霸鬼，你還好吧？」

而戰天穹就像是此時才感覺到他們的到來一樣，微微側過身來，睜開了眼。

他原本的赤眸，如今一眼化作詭譎的紅黑色。

戰天穹此時的狀態，讓外圍觀望守候的戰龍更是擔憂。

「我沒事，只是有些事我得跟噬魂好好談一談，所以需要你協助將我完全封印。省得我意識進入自己內心深處時，會因為和噬魂有了衝突而讓力量失控暴走。」戰天穹語氣平靜的答覆，臉上卻浮現一絲疲倦。

雖然有羅剎的法陣壓制，但他長年累積的負面力量還是無可抑制的四處擴散，這使得他必須小心的壓抑自己，以免讓那足以汙染人心的力量破壞了法陣的運作。

「爹……呃，鬼先生，你放心的休息吧，家族那裡我會負責看顧的。」戰龍說出了自己的決定，希望這樣能讓戰天穹放下一部分的擔心。

戰天穹只是朝戰龍輕點了點頭，沒有多加表示，這不禁讓戰龍有些失望。

如果可以的話，他還是想回到像小時候那樣，被自己敬愛的養父拍拍肩膀，說上一句「幹得不錯」。光是這樣就能讓他感覺驕傲。但如今養父對他的態度，表明了他們再也無法回到過去那樣如父子般親近的狀態了。

羅剎不再給戰龍有機會向戰天穹攀談，他走到了戰天穹身處的微縮法陣正前方。

「那麼我就和過去一樣，從外界向你施加封印。等你把自己的事情處理好，再走出來就行。」羅剎一臉慎重，抬手招出了符文就要封印戰天穹。

可此時，戰天穹像是想到了什麼，忽然回首望向戰龍。他的眼神因為想起了某件事而不再平靜。

「龍，大約兩年後，無意託孤的那個女孩將會抵達戰族。我有告訴無情這件事了，但還是跟你說一下。若是那時候我還沒甦醒，君兒就拜託你保護了。她是我很重要的——」

戰天穹話語還沒能說完，羅剎便已經畫下最後一道封印的符文，法陣亮起了光輝，形成一顆被符文包裹住的光球，阻隔了裡外，也中斷了戰天穹未完的語詞。

羅剎微揚嘴角，他能猜到戰天穹未能說出口的詞句——心裡有著欣慰，對他來說，如果這兩人能彼此傾心自然是最好，這將會是創造奇蹟的契機之一。

只是比起羅剎的欣喜，戰龍卻是心中警鈴大作。

那位魔女究竟有哪一點好的？竟然會讓他一向不插手俗事的養父，親口為她請託照顧？

戰龍眉頭皺得可以夾死一隻蒼蠅了。

魔女的出現似乎為戰天穹帶來了諸多改變，戰龍卻不知這些改變究竟是好是壞。

「重要……嗎？哼，爹說妳是他很重要的人，但是也得先得到我的認可才行！」戰龍緊握著拳，赤眸凜冽，卻是萬分不滿一位外族人竟換來了戰天穹如此慎重的對待。

尤其，那讓戰天穹重視的，還是謠言中的魔女！

Chapter 98

吃虧就是占便宜

時光飛逝，就在幾位人類守護神共同發布了人類集體進入戰備狀態的通告以後，人類世界陷入一片凝重與緊張的氣氛之中。

因應那不久後可能會發生的異族戰爭，原本鬆懈修煉的人們紛紛加強了鍛鍊，以求能在那危害整個世界的戰爭中，為自己一方出一份心力。

君兒待在卡爾斯的星盜團中也有一段時間了。

這段時間，卡爾斯因應戰備通告，指揮星盜團踏上了星系最外圍的碎石帶，進行開採星力源礦的工作。

由於戰爭將至，所以不少大型組織都紛紛來到碎石帶開採星力源礦。只是儘管在這個危急時分，還是有不少貪圖利益者會暗中劫擄其他團體組織辛苦採集的資源。哪怕是由卡爾斯帶領的黑帝斯星盜團，也無可避免的被貪婪之人盯上，並且發生了幾次激烈的戰鬥。

君兒身為靈風的學生，自然被帶著走進了那鐵血交織的戰場之中。

這一次，她不僅僅是為自己而戰，也同樣是為了整個團體而揮舞她手中的劍。

昔日稚嫩的大小姐，終於在鐵血殘酷的星盜生涯中成長為一名強悍的女性。君兒的飛速成長，全都是從危險與傷痕中累積出來的。

君兒很清楚，唯有將自己逼到懸崖邊緣，人才能爆發出那無窮的可能性。只有這樣，人才能將自己所學的一切發揮到淋漓盡致。

有好幾次君兒身受重傷，還是被星盜同伴帶回醫療室治療的。

紫羽每次都是淚眼相對，想要勸阻君兒不要這麼瘋狂的想要變強，卻因為君兒堅定的一句話而選擇了讓君兒放手去做——

「對現在的自己放縱，就是對未來的自己殘酷；與其把後悔留給未來，還不如好好把握現在！」

這一句話也同樣讓靈風放下了心中芥蒂，不再放鬆對君兒的指導。

這也讓始終關注著她的紫羽，跟著勇敢的踏出自己心裡的桎梏，開始學習保護自己，以及發揮自己的才能幫助卡爾斯。

漸漸的，紫羽也終於得到了所有星盜們的認同。

這讓紫羽才明白，有時候並不是自己做不到，而是她不願去做出嘗試。如果她沒有因為君兒的影響而想要改變與成長，或許她不知道自己也有能夠站在卡爾斯身邊使用駭客能力保護大家的那一天。

＊＊＊

君兒此時正跟在靈風身邊，神情肅然的巡邏著星盜團開採礦石的區域，以防有其他組織甚至是異族的來襲。

儘管這段時間遭受到了不少襲擊，但卻始終沒有遇上那讓人聞風喪膽的兩大異族，這讓君兒在鬆了一口氣的同時，卻對那兩大異族懷有某種程度的好奇心。

在這段時間的戰鬥洗禮下，君兒的實力也突飛猛進。她在進入新界初期，因為新界充沛的星力而突破到了四階「恆星級」，接著又經歷了無數次的戰鬥以後，她更突破到了五階「銀河級」的實力。

正常人在擁有「銀河級」的實力以後，可能會覺醒精神力，但早已率先一步覺醒精神力的君兒，因為實力的提升，對精神力的掌控更加輕鬆容易。

碎石帶寒風颼颼，君兒已經能利用星力為自己保持體溫與體力，並且適應了這樣的氣候。

腳下是一望無盡的冰冷大地，昂首看去是無邊無際的燦爛星空。這是碎石帶獨有的美景，卻是美麗與危險並存的所在。

原本閒散慵懶的靈風忽然昂首望下某處，他感應到有人觸動了他的警示符文！

「有敵襲！」靈風一聲冷喝，瞬間抓握出符文雙槍，向警示符文被觸動的地方奔了過去。

一群身穿黑衣並用面具遮掩住容貌的人們，突兀的出現在靈風提示敵襲的地方，他們動作飛快，藉由器具或者是天賦能力的協助，直往礦物開採區衝來。

君兒反應極快的同時抓出符文雙劍，跟著其他負責巡邏的同伴一起衝上前，阻攔下了幾名領頭的黑衣人；靈風則是對上了一位實力相當的黑衣人，此時彼此正展開各自的領域進行拚鬥。

儘管他們攔住了不少黑衣人，卻還是有漏網之魚掠過了他們，闖入了開採區。

紛亂中，那珍稀貴重的星力源礦無可避免的遭人搶奪甚至是破壞，不禁讓負責此區的靈風很火大。

因為要防備無數不知來自何方的敵人，以及隨時都可能出現的攻擊，哪怕他是一名實力強大的符文師兼星界級強者，但長時間維持警示符文的運作，還是會心神疲累而有所疏漏，讓敵人有機會穿過警示符文進而襲擊他們。

最令人氣惱的，這次敵人並非強攻，而是一次又一次的騷擾，並且在得手少許星力源礦之後便快速退逃，就像一群虎口奪食的禿鷹一樣，令人生厭。

卡爾斯來到碎石帶的首要任務是開採星力源礦，至於報復與追趕，並不在他此次安排的任務之中。可是只要遭到襲擊，位於戰艦上指揮全局的卡爾斯便會讓紫羽仔細記錄這些黑衣人的資訊，然後透過紫羽的駭客能力，盡可能查出對方所屬的組織，準備在事後來個一網打盡。

忽然遠方傳來一陣哨音，黑衣人像是得到了撤退訊號一樣，紛紛退離了戰場，讓星盜們氣得直跳腳。

「混帳！要是讓我知道是哪一個王八蛋組織來攪局，我一定不會讓他們好過的！」戰艦上的卡爾斯聽著開採區回傳的消息以及損失，氣得有些面目猙獰。

而身處現場的靈風和君兒，更是因為己方辛苦開採出的礦物被奪走或破壞感到氣惱。

「時間寶貴，不能保證敵人下一次來襲的時間，大家繼續開採，不要停下！」靈風下達了指示，同時盡可能的讓自己心情平靜下來，重新將自己布置在外圍的警示符文再一次完善。

「靈風，累了的話，要不要由我接手維持一部分的警示符文？」在場只有君兒一個人掌握了符文技術，她主動提出了建議，卻被靈風擺手拒絕。

「妳不行。光是戰鬥就耗去了妳大半部分的精神和注意力，這部分的工作就交給我好了，只要不遇上精靈或龍族，我這個星界級強者都還有一戰的機會。」

君兒黯然點頭，她明白自己在這方面沒辦法提供給靈風太多的協助，只能盡可能的在戰鬥上為靈風分擔一些。

之後又經歷了幾場戰鬥，靈風雖然身上無傷，但精神卻已是疲倦到極點，而君兒則是滿身傷痕。

終於，卡爾斯下達了撤退的指示，讓他們帶著數量充足的星力源礦回到了戰艦上。

很快的，原本星盜團占據的開採點馬上就被新來的組織占領，並且接續先前的模式與那些黑衣人戰鬥。

君兒和一些受了傷的星盜去了醫療室治傷，靈風則是默默的回到了自己的植栽室，來到他熟悉的那棵樹木之下休息放鬆。

他臉上滿是凝重，對於這段時間幾乎沒有遇上異族而感覺怪異。

卡爾斯選擇的開採點非常接近精靈族的領地，因為這裡的星力源礦品質極高。這也是靈風很想要逃避的區域，但身為團隊裡星界級強者兼符文師，他不得不出面戰鬥。

但按照常理來說，精靈們早應該要因為他們在族群領地附近開採而有所行動，可這段時間精靈一族異常的平靜，讓他心生不祥的感覺。

「靜刃，你是在計畫著什麼嗎？」

隱約間，靈風明白這可能是他身處精靈族中的兄長刻意為之的指示。

可是，這是為什麼？既然靜刃已經決定要背叛魔女一方，為何又不指揮底下精靈出戰將他們擊退甚至是俘虜？

還是說，靜刃是在等他完善與魔女的契約那一天？

想到這，靈風抬起了右手，看著上頭的半翼契約，心情滿是複雜。

他一直在拖延和君兒完善他這部分的契約，就是害怕當契約完成時，契約會自動呼喚另一半的契約前來，將契約完美完成。

——那時他將會不得不和靜刃重逢。

可一想到靜刃已然背叛了己方，他就很想逃避與靜刃針鋒相對的這件事。

「可是，魔女所剩的時間不多了……」靈風苦澀的呢喃著，同時，握起了拳。

或許該是下定決心的時候了！

＊＊＊

才剛結束了治療，回到房間準備休息的君兒，意外接到了靈風透過隨身光腦傳來的訊息。

「來我的植栽室一趟，有事找妳。」

君兒看著這條訊息，有些不懂是什麼事情讓靈風特別傳訊息要她去植栽室？但她還是略微整裝了一下，才前往植栽室尋找靈風。

「靈風，你不先好好休息，有什麼事這麼急著找我？」君兒困惑的詢問著植栽室裡靜立於樹木前的靈風。

「君兒，妳還記得我提過，我和我哥哥與另一位魔女做的交易嗎？」

靈風突來的提問讓君兒一愣，跟著想起了這件事。但也因為這段時間靈風的閉口不談，君兒索性也就當沒這回事。

「……為什麼現在要提這個？」

君兒心中浮現了不安，直覺靈風在沉寂了一段時間後，如今提起是因為決定要完善那「交易」了。

靈風一嘆，他沒有忽略君兒臉上的抗拒，同時也明白了君兒的抗拒何來，心裡不由得有些發暖。

「笨蛋，妳不需要擔心我，這些是我必定要履行的職責，我不能像個懦夫一樣一直逃避這件事。」一邊說，靈風還抬手摸了摸君兒的腦袋以表安慰。

「可是——」

靈風微笑，開口打斷了君兒擔憂的話語：「是時候了，我也該面對自己應該面對的事情了。一直逃避，事情並不會有所改變……君兒妳的實力也到了可以承載這份『神騎契約』的實力等級了，所以我決定要完善我靈魂許諾的誓言。」

見君兒想發言，靈風一笑，先一步說出了自己的想法。

「妳先別拒絕，我知道妳擔心我需要償付什麼代價，但那是在我誕生之前就許諾的誓言，我和哥哥早就付出了代價，但那並不妨礙我的修煉或者是妨礙我的生活，其實只是個無關緊要的東西而已。而和我完善我這一部分的契約，對妳只有好處沒有壞處。妳也知道妳的靈魂在轉世時受了傷，不能完整的發揮精神力的力量，和我完成契約以後，妳的靈魂會慢慢的復原，讓妳能夠施展出更多力量。」

「而且……我和我哥之間，總也要做出一個抉擇。我不能再逃避了！」

感覺到靈風的堅持，君兒保持沉默，儘管沒有出言勸阻或拒絕，但小臉上卻滿是擔憂。

靈風親暱的揉著君兒的頭，對君兒這樣的關心感覺窩心。他提出了自己一直以來思考的想法：「不然，妳就當這契約，是『哥哥』決定要保護『妹妹』的約定，如何？」

這段話讓君兒面露愕然，隨即泛紅了小臉。

「……哥哥？」

這個親人般的稱呼，讓君兒既緊張又感動。靈風雖然和她沒有血緣關係，但這段時間的指導與陪伴，就像一個哥哥一樣，給予了她過去未曾有過的溫暖。那是與戰天穹的愛戀和爺爺的關愛截然不同的另一種感動。

「怎麼？妳不想要多一個哥哥嗎？這段時間我可是把妳當自己妹妹在照顧喔。」

靈風開朗的笑著，同時促狹的戲謔君兒：「我知道妳心裡已經有人了，所以只好退而求其次的當一個好哥哥，妳看我多委屈自己呀？要知道我比鬼大人風趣、比鬼大人幽默，我有太多鬼大人沒有的優點啦！當妳哥哥還是讓妳占我便宜欸！」

「噗！」君兒因為靈風的逗趣發言而忍不住笑出聲來，「你少來，想要當我哥哥占我便宜的是靈風才吧？」

「嘿啦，不然妳就當被我占便宜吧？我當妳哥是妳吃虧，吃虧就是占便宜！妳看看妳占了多大的便宜，就算老大知道都會羨慕的好嗎？」靈風試著用輕鬆的語氣和緩原本的緊繃氣氛，果然讓君兒展顏而笑。

兩人又笑鬧了一會，靈風這才又一次的說出了他的建議：「不要把這契約想得太嚴重，我只是履行保護妳的任務而已。哥哥保護妹妹是天經地義的事情，笨蛋妹妹妳就成全哥哥我吧？」

君兒沉默了一會，最後嘆息著點頭同意了靈風的建議。

靈風一直沒有告訴她關於這契約他付出了什麼代價，但從這段話裡頭，她聽得出靈風其實是在替自己的行為，找一個能夠說服自己履行契約的藉口……如果這樣能讓靈風心裡好過一點，那麼就以兄妹的名義履行契約吧。

至少，這樣對他們雙方都算得上是件好事吧？

「那麼就萬事拜託了……笨蛋哥哥！」

「好啊，現在就懂得占我便宜了！」

靈風笑著賞了君兒額心一記彈指。君兒看著狀似輕鬆的靈風，也看到了他隱藏在微笑底下的緊張。

「無論最後如何，我都會陪靈風一起面對的。」哪怕要一起面對靈風的哥哥也一樣！君兒在心中暗自許諾。

「那我就先說聲謝謝了。」

靈風簡短的回覆了君兒，接著便開始跟她解釋稍後完善契約的過程。

Chapter 99

接受你所不能接受的

「其實契約的完善並不困難，我這部分只需要喚醒契約的力量，和妳的靈魂產生共鳴，將我在誕生時被授予的圖騰與妳的蝶翼圖騰建立關聯，這樣就算完成我這部分的任務了。」

靈風臉上的表情不再輕浮，轉而變得嚴肅正經。

「那麼，妳準備好了嗎？」

君兒慎重點頭，堅定了意志，絲毫不懼和靈風完成契約以後即將迎來的更多未知狀況。

靈風無比莊嚴的抬起右手貼於自己左心口上，同時緩慢的單膝曲起半跪。他蹲下了修長的身軀，垂下了高傲的頭顱，對著君兒半跪於地。

君兒一愣，沒想到儀式的完成竟然要被自己一向尊敬的靈風這樣對待，一時間慌亂了手腳。

「別緊張，這是儀式必要的流程。」靈風空出的左手持起了君兒的右手，輕輕的將君兒的手背貼上自己額心。

隨後，靈風在一聲嘆息以後，用低沉的語氣唸出了喚醒契約之力的咒語——

「眼有星星的魔女呀，我是靈風．影翼，是為保護妳而誕生的永夜騎士之一。以右翼神騎靈風．影翼之名，我在此喚醒沉睡於我靈魂之中的契約之力！」

靈風在吟詠咒語的同時，他的額前以及半跪的身軀下方，映照出了半片如羽翼般的絢麗圖騰。

半翼圖騰發出亮光，並且在空氣中盪漾起了力量的流動，讓君兒的圖騰受到了牽引，不受控制的出現在她的額前，身後的蝶翼也在圖騰出現的瞬間延展而出。

「我以我的靈魂宣誓——我，靈風．影翼，將自今日起履行屬於右翼神騎的許諾。伴隨於魔女左右，成為魔女身邊最忠誠的守護者。我將以性命、以靈魂、以我的一切守護魔女——我是靈風．影翼，星星魔女的右翼神騎！」

隨著靈風的語音方落，君兒只覺得額心一疼。

因為與靈風圖騰力量的共鳴，她的蝶翼圖騰右側外圍，剎那浮現了半片如翼的圖騰，隨後轉瞬即逝。

儘管那半翼圖騰不復存在，君兒卻覺得自己的靈魂裡似乎多了些什麼……就如同戰天穹在自己精神空間留下的印記一樣，靈風履行的契約也為他們彼此之間留下了連結。

靈風呈半跪持手禮沉默了一段時間，直到他的半翼圖騰在確認完成與君兒的連結以後，這才緩緩消失。

君兒摸著圖騰已然消失的額心，只覺得那兒火辣辣的，有些刺疼。

「靈風，這樣契約就算完成了嗎？」

「嗯！我記得契約的功用還挺多的，其中之一是我能夠隨時感覺到妳的狀態，只要妳身陷危機，我能率先一步抵達妳身邊保護妳；其二，我比妳強大許多的靈魂力量，能夠喚醒妳受傷靈魂的自主修復；其三，契約的力量能夠讓妳更能發揮妳的力量；其四——」

靈風將契約的功能概略講述幾點，卻沒有全盤托出。

這些功能只是表面上的能力，但這份契約真正的目的，是在於未來若發生無可預測之事時，能藉由他的生命力來延續君兒的性命……

但君兒已因為靈風提到的幾點功能而面露驚訝。

「所以說，靈風所擁有的半翼圖騰，能夠加速喚醒我圖騰還未覺醒的力量？」君兒問道，神情因為自己得到能夠更進步的機會而亮了起來。

「結果妳重視的是喚醒自身力量，而不是能隨時感應到哥哥我的位置這件事啊？真是我太傷心了。」

靈風語出調侃，君兒卻是嬌俏一笑。

「因為變強比靈風更重要嘛！」

「好啊，妳這個修煉狂！竟然妳都這麼說了，我們就嘗試看看契約能為妳帶來多少不一樣的變化吧！」

很快的，兩人停止玩鬧，專心一志的開始研究起了契約所帶來的附加功能。

然而，君兒卻沒有忽略掉靈風臉上偶而展露的忐忑之感……

＊　＊　＊

另一方面，自我封印的戰天穹卻因為君兒這方的變化而跟著有了變動。

他沉睡在羅剎的「神陣核心」，此時他的意識正身處自己心海深處與心魔噬魂進行談話。他們雙方各自透過思想無限的力量，彼此顯化出形影好方便溝通。

當靈風的契約與君兒的圖騰建立連結時，戰天穹便透過他留於君兒精神空間裡的精神印記，感覺到了君兒的變化。

戰天穹皺著眉，他因為自我封印，所以只能勉強感應到君兒那似乎另外有人跟她建立了「連結」，那等同於他留在君兒腦海中的精神印記的狀態。

究竟是誰？

他不是警告過君兒要小心，盡量不要讓別人在她精神空間中留下精神印記？

然而，噬魂卻率先一步感覺到了異常。

『這種感覺……是卡爾斯星盜團裡那位擁有牧非煙力量的黑毛男！』他神情震驚愕然，顯然沒料到會有這種事情發生。

戰天穹一愣，「你是說，那位符文師靈風？！」

『我的感覺不會錯的……但等等，他和君兒建立的連結似乎又有些不一樣……』噬魂面露慎重的闔上眼，專心的感知其中差異之處。

他與戰天穹既相似又不同，或許是因為身為戰天穹的黑暗面，因而累積了不少被戰天穹抗拒的力量，同時又因為與君兒的前世有著密切關聯，所以噬魂對君兒的感應比戰天穹還強上幾分。

良久，噬魂露出一抹殘酷森冷的微笑。

『原來如此，牧非煙打的竟是這種主意。』

「解釋。」戰天穹精簡的提出詢問，眼神卻是憂慮。

感覺到戰天穹擔憂君兒的心情，噬魂卻是邪魅一笑。

『沒有大礙，相反的對君兒好處可大了——還記得君兒的靈魂有傷，對吧？那黑毛的傢伙跟君兒建立了連結，那種連結是透過和精神印記不一樣的形式建立起來的，我猜想可能是類似契約之類的方式。對方與君兒的連結，主要是利用對方的靈魂與生命力，來治療君兒的靈魂！牧非煙將那傢伙當成一件治療君兒靈魂傷勢的工具！』

『我還以為是什麼呢，沒想到牧非煙竟然選擇利用別人的生命來治療君兒，這女人真的是……哼，讓人不爽……不過，我覺得她這樣的方式倒是挺不錯的，至少在我們完全合一之前，君兒靈魂的傷勢能夠得到額外的治療。』

相較戰天穹的驚愕，噬魂雖然不齒牧非煙採用犧牲別人的方式來成全君兒的方法以治療君兒，但只要君兒的靈魂能夠得到治療，他可以對這種情況睜一隻眼閉一隻眼，絲毫沒有良心與道德上的顧慮。

聽噬魂這麼一說，戰天穹神情在訝異之餘卻是浮現了掙扎。他雖然也希望君兒的靈魂能夠痊癒，但是良心與道德卻不允許讓他對這種情況袖手旁觀。畢竟犧牲他人這種事，多少讓他心裡充滿顧慮。

看著戰天穹臉上的掙扎，噬魂冷笑出聲：『好了，別顧慮那些無用的道德法規了，君兒才是最重要的好嗎？「哪怕毀滅世界，我也想要拯救君兒」……這是我的想法，同時也是你的。』

噬魂毫不顧慮的直白講出戰天穹內心最深的意念，讓戰天穹有些狼狽的瞪向他。

『而且，我不相信那黑毛傢伙不可能不知道這件事。』

噬魂陰冷一笑。

『他和君兒之間的連結可能是透過某種契約進行的，而身為契約人，他必定早就知道所有契約的條款與內容——既然他是自願要進行這樣的約定，那完全是他自己願意做出的犧牲，你在那為了一個不熟的傢伙擔心什麼啊？呿，裝什麼好人。』

「我只是擔心對方一定不會對君兒坦承事實，若是君兒往後知道這件事，會心有罣礙。」戰天穹冷冷說出他的看法。

不過，比起戰天穹在那煩惱還未發生的事情，噬魂對此倒是不以為然。

『管他的，等事情發生再說吧！我相信這一世的君兒心靈足夠堅強到能夠面對這些了。就跟爺爺那一次一樣，我相信君兒會走出來的。』

噬魂雙手環胸，露出了信賴的笑容，他這樣的隨性讓戰天穹看得好生刺眼。

「我就不相信你一點都不擔心君兒。」戰天穹張口嘲諷道。

噬魂回應道：『我是很擔心啊，但事情都還沒發生就在那牽掛煩惱實在太無聊了。與其那樣，不如選擇相信君兒有辦法可以度過，你不是也這樣相信君兒的嗎？怎麼像個老媽子一樣越來越囉嗦……欸，我都忘了我是你投射出的影子了，可能是因為你逐漸接受我就是你的這件事，所以讓你原本壓抑的一面浮現出來了吧。』

他看著戰天穹臉上的抗拒，彎起一抹略帶惡意的笑。

『怎麼？知道自己還有這一面感覺不好嗎？拜託你就好好面對自己的本性還有我吧。一再的否認跟逃避根本不能解決事情，唯有你全然敞開心靈接受我這個黑暗面，以及那些你所不能接受的自己，我們才能夠真正的光暗合一，成為完整圓滿的靈魂，拿回屬於我們的力量協助君兒跨越魔女的宿命。』

「你說得倒好聽。說是很容易沒錯，但做起來卻不簡單。」戰天穹神情冷漠，眼神卻寫滿掙扎。

噬魂一嘆，對死腦筋的戰天穹有些無可奈何。

雖然讓戰天穹放下抗拒需要時間，但至少他有想要放下抗拒的念頭了。

只要有想，就有希望。

「……既然知道君兒沒事就好了。我們繼續先前的話題，我過去沒有試圖了解過『你』，所以現在要我全然接納你並且合而為一是不可能的事。但或許當我更了解你、也就是接受過去被我自己否定的那個負面自我時，我想……『合一』並非不可能的事。」戰天穹轉移話題，目光落在噬魂那悠閒放肆的身影上。

噬魂看了戰天穹一眼，臉龐上浮現幾分感慨。

『過去你總是視我為你靈魂的汙點。以影子作例子來說好了，你始終否定我這個影子的存在，背對著我，從來沒有想過我為何會存在。那並不是因為我是「魔陣噬魂」的意識入侵你的體內之後我才存在，而是因為「魔陣噬魂」的意識「喚醒」了你心中魔性的一面……所以我存在。』

見戰天穹皺眉卻不像過去那樣激烈的反駁，噬魂難得平和的彎起了一抹笑。

『其實，每個人的心中都有屬於那魔性、黑暗的一面，沒有人是絕對的光明或黑暗。就連辰星，她最後也是因為拒絕承認自己心中的魔，並且被自己的黑暗與負面侵蝕了心靈，所以才會走向那個慘烈結局……』

『我們彼此是一面鏡子。就像你站在鏡子前揮拳，鏡中照映出的我同樣也對你揮出拳頭；但當你放下了抗拒，平靜的面對鏡子裡的自己，我也會回應你平靜。』

戰天穹只是沉默，卻是第一次不帶任何敵意的主動靠近了噬魂凝聚出來的意識形體。他平靜的望著那眼前同樣平靜的「自己」。噬魂的眼神沒有過去的冷漠與激進，只是與他同樣的平穩沉靜……

「我想，每個人或許都有不願承認的部分自我，而我抗拒你已有千年之久，現在我可以平靜面對，但我卻不知該如何去了解『你』、了解那一直被我忽略的『黑暗面』。」

『那麼，我們來回溯你的一生吧？從你誕生那時開始，你回憶你的過去，我也同時將你在經歷事件時黑暗面的深層思緒一一說出。放心，你不用擔心自己特別邪惡骯髒，這個世界誰沒有深層的黑暗面情緒呢？只是面對與不面對、接受與抗拒的區別而已。但只要你願意去了解，你會發現你更認識了自己，你甚至可以找回被自己遺忘於黑暗之中的力量……』

噬魂沉穩的說著。此時的他，表現出來的竟是一種深沉卻又智慧的神態。黑暗之所以是黑暗，是因為黑暗包容、承載了一切。

『只要你準備好了，我也隨時準備好要告訴你我們的一切。那麼，你下定決心了嗎？』噬魂淡淡的問著。

戰天穹深吸口氣，重重的點下了頭顱。

與羅剎等人的猜想不同，過去戰天穹每次自我封印時總是在心裡與噬魂爭鬥，然而這一次，那原本針鋒相對的雙方卻是彼此放下敵意，心平氣和的試圖了解對方。

其中最開心的便屬一直不被戰天穹接受的心魔噬魂了。

他身為戰天穹的靈魂碎片，又承載了戰天穹無盡歲月的所有負面。光是戰天穹率先一步放下對黑暗的武裝，願意嘗試去了解黑暗，他這樣的接受，就讓噬魂也放下了過去的尖銳，為戰天穹展露了過去連自己都不曾了解過的一面——那一直被他壓抑與否定著的另一個自己。

那因為生活、因為條規、因為大環境的影響，而不得不被遺忘在心海深處，那如同孩子般自由自在、無所顧慮的自己。

聽著噬魂講述那段時間，他自己心靈深處最深沉、最黑暗的念頭，戰天穹的心被深深的觸動著。

那段過往所不能面對甚至是不願面對的傷，一一被翻出、徹底剖開。

他從沒發現原來自己才是最不了解自己的那個人。

睽違了無數歲月，如今他終於想要重新認識自己這個人，頓時有一種靈魂得到解脫的感受……或許，哪怕他抗拒，其實內心深處還是渴望自己能被自己接受吧！

噬魂就是他，那些黑暗的、被自己嫌惡的、痛恨的、譴責的，全都是他。

這裡沒有別人，只有他自己為自己剖析過去所不能面對的一切。

Chapter 100

終將面對

「刃，你又獨自一人跑來這裡了。」

一道女性語帶埋怨的嗓音傳來，打斷了靜刃遠望著奇蹟星的思緒。

靜刃沒有回首，只是沉默。

精靈聖女阿蘭妮絲走到他身旁，試圖展露一抹微笑。然而，卻在看到靜刃對她置若罔聞的態度後，臉上浮現了哀傷。

「刃，自從你正式接下『王』的職務以後，你就開始變得很沉默……怎麼了嗎？」阿蘭妮絲是發自內心的關心，同時在躊躇了一會之後，輕踏著步伐來到了靜刃身側，隨即緩緩落坐。

靜刃沒有制止或驅離她，但他這樣的冷漠態度卻讓一向傾慕他的阿蘭妮絲感覺傷心。

許久之後，靜刃才淡淡的回了一句話：「戰爭就要開始了。」

阿蘭妮絲一愣，因為靜刃的這句話，她柔美的臉龐染上了嚴肅。

她順著靜刃的目光看了過去，遠方那個翡翠的行星依舊美麗，但仔細觀察，卻能看見有不少小如蚊蟻般的物體正於宇宙中行進，更有一些聚集在碎石帶，接近他們精靈領地的存在——那些是屬於「人類」的戰艦。

這不禁讓阿蘭妮絲眼神慎重戒備，擔心那些與他們敵對的人類會藉機生事。只是，她身旁的男人早就知道此事，至今仍是聞風不動，讓人猜不透他的想法。

「刃，我們這樣按兵不動真的好嗎？」阿蘭妮絲提出了詢問，其實這也是這段時間族人們的心聲。

她面露嫌惡，其實很不能接受人類如此接近他們的領地，那讓她感覺憤怒。以往他們總會以雷霆攻勢給予那些入侵領地周圍的人類來個嚴重警告，此時新任王者卻下達了要求族群養精蓄銳的指示，讓他們難以忍受。

靜刃一臉平靜的答覆道：「與其在那些螻蟻身上浪費力氣，不如等待虛空屏障完全崩潰，直接進入星系直闖翡翠聖地進行奪回聖地的戰爭。別忘了，哪怕現在龍族暫時與我們同盟，但他們隨時都有可能背棄盟約。我們不僅僅要面對人類，同時還要小心在背後虎視眈眈的龍族。」

阿蘭妮絲焦急說道：「可是，有不少族人因為人類不斷侵犯我們的地盤，而對你下的命令有所不滿。這樣下去的話，刃在族中的聲望可能會——」

靜刃僅僅回以一抹凜冽的眼神，便止住了阿蘭妮絲的話語。

那因無數輪迴累積下來的王者氣勢，頓時喚醒了她靈魂深處對王的畏懼感，讓她心頭顫慄，原先對靜刃的埋怨只剩下發自靈魂深處的臣服。

「同樣的話我不想再說第二次，如果再有族人違背我的指示，那麼我不介意殺一儆百，喚醒他們血脈中對『精靈王』的畏懼。」

靜刃冷酷的語詞讓阿蘭妮絲額間滑落冷汗。

他這位新上任的精靈王，與那位僅需要阿諛奉承就能得到祝福的女神不同。比起一向隨心所欲的女神，精靈王則是嚴肅、慎重與冷酷的代名詞。在靜刃的行事作風裡，王者強硬的氣勢表露無遺。

「將我的話傳下去。下一次，我不希望連妳這位精靈聖女都對我的指示存有疑慮。」

靜刃收回冷酷的目光，讓阿蘭妮絲在回神之時，臉上浮現幽怨。

「會這樣提，是因為我擔心你！身為你的妻子，我也是要為維持你的聲望而努力的……為什麼你對我還是這麼冷漠？」

提到「妻子」一詞，靜刃原本面無表情的臉龐頓時一僵。

「……抱歉。」他唯一能說的，只有這麼一句話。

他不可能將他私下跟女神的協議說出口。畢竟跟女神的傀儡結婚，目的只是要讓女神更好掌握自己而已……當然，這其中誰在利用誰就很難說得清了。

儘管他心中對女神存有排斥，卻對女神製造出的這位傀儡聖女心懷愧疚。哪怕只是女神的傀儡，但她終究還是擁有意識、能夠思考的存在。

「你只會說這句話……算了。」阿蘭妮絲嘆息著，同時默默的起身。「我會向族人傳達這件事，但我憂心族人會反抗，這部分到時候可能就得由你親自出面處理了，我怕我這位聖女壓制不住族人的情緒反應。」

「嗯。」靜刃輕聲應答後便不再言語。

阿蘭妮絲在沉默了一會之後，卻是走上前緊緊的從後頭摟腰擁抱住靜刃，隨後便轉身離開。

靜刃對那樣的擁抱沒有任何表示，對他而言，這裡的一切都只是他實現自己夢想的一段過程而已……沒有什麼值得他留念的。

直到阿蘭妮絲離開，靜刃才眼帶複雜的望向她離開的方向。

「阿蘭妮絲，對不起。為了夢想，我不得不犧牲很多東西……其中還包括我的感情。」

靜刃繼續留滯於此處遙望遠方的行星，卻在不久之後，他烙有半翼圖騰的左手背傳來一陣刺癢的感覺，讓他忍不住抬起那隻手。

不同以往僅僅只是黑色烙印的存在，如今的圖騰正隱隱閃動著異樣的微光。

心裡有種感覺要他前往某處，與他那完成契約的靈魂兄弟會合，並且完善他這一部分的契約——這意味著靈風那一部分的契約已經完成了。

「靈風你終於下定決心了。」靜刃的眼神浮現欣慰。

他很清楚早在魔女踏足新界的前後時間，靈風應該早就因為命運的牽引而無可避免的來到魔女身邊，只是卻一直遲遲沒有與魔女締結契約。

這段時間，他一直等待著他的兄弟完成與魔女的契約。以他對靈風的了解，他很清楚靈風之所以拖延那麼久，是在逃避完成契約之後必須與他重逢的命運。

但「時間」已經因為魔女抵達新界而正式開始倒數計時，靈風不能永遠逃避命運——他們是靈魂雙生的兄弟，無可避免的必須為彼此做出各自的抉擇，踏上不同的命運道路。

哪怕，他們其中一方必須償付出無與倫比的代價也一樣。

靜刃那張與靈風幾乎一模一樣的臉龐染上了哀傷。

當靈風正式與魔女締結契約，那麼很快的，他將會受到契約的牽引而跟隨著呼喚，與他們面對面了。

這段時間的分離，不曉得那總愛玩鬧、不愛學習的靈風成長到哪種程度了？

只是靜刃儘管心裡期待著與兄弟重逢，但更深的情緒卻是難受。因為再見面那時，他們便不得不持劍相向了。

靜刃緊握拳心，眼裡閃過痛楚還有越發強烈的堅定。

他將會貫徹他的選擇，直到最後一刻的到來！

哪怕必須犧牲很多東西，必須傷害很多人——他都必須履行他在誕生之時，向靈魂許諾的誓言！

＊　＊　＊

自從上次前往碎石帶開採星力源礦足有一段時日，黑帝斯星盜團在經過一段時間的休整之後，終於要再一次踏足碎石帶，進行第七次的資源開採。

只是這段時間，碎石帶上開始出現了龍族與精靈的身影，讓原本需要抵禦壞心組織來犯的開採行動，更添幾分危險。

這兩大異族光是個體就擁有超越人類無數倍的力量，除非是高等實力的強者能夠一戰，否則尋常人類幾乎難以匹敵。

也因為即將進入碎石帶，不同以往的緊張氣氛充斥整艘戰艦，所有人都嚴陣以待。君兒也被這凝重的氣氛感染，變得緊張壓抑。

廣播的聲音從擴音器中傳了出來，是卡爾斯的聲音。

「相信各位這一次都聽到了戰備頻道傳來的消息。有一群人類開採隊在碎石帶區域遭到龍族的攻擊，結局是——全滅！」

卡爾斯語氣凝重的繼續說了下去：「各地也開始收到龍族大量出沒的危機標示，哪怕精靈族出沒的數量並不多，但我們臨近精靈領地的開採區同樣也有可能遭到精靈來襲，這一次比起過去與人類同族互相爭鬥不同，跟人類相爭我們並不須拚上性命，但遇上精靈，十之八九我們可能會有一半的弟兄損失在碎石帶……你們害怕嗎？」

「老大，我們不怕！」

戰艦上的星盜們高聲喊道，絲毫不懼自己可能就是那殞命碎石帶的其中一分子。

「……我們雖然是一群惡名遠播的星盜，但同樣的，你們每一個人都是自己的英雄！廢話老大我就不多說了，我只要你們活著回來，聽到沒有？！」

「明白！」

下意識的，君兒也跟著群情激昂的星盜們喊出了這句話。

靈風跟在君兒身邊，拍了拍她的腦袋瓜。

「君兒，妳感覺到了吧？」靈風忽然低聲問起了一句風馬牛不相關的話。

君兒嚴肅的輕輕點頭，她握緊了拳，拳心竟已是一片汗濕。

直到靈風和她正式締結契約以後，他才對自己闡明了真實身分——

靈風，並不是人類，而是「精靈」！

同時，他在精靈族中的地位也異常顯赫。原來靈風和他的哥哥靜刃，竟還是精靈族裡此次兩位一同誕生雙生王者！

一想到一向灑脫慵懶的靈風擁有這與性格截然不同的身分地位，君兒在知悉當時愣是傻了頗長時間才回神，卻也花了不少時間才勉為其難的消化並接受了這件事。

畢竟，精靈可是全人類的敵人！

只是，靈風所屬的精靈族卻是一直在「陣神滄瀾」的庇護下，隱匿於新界奇蹟星某處的族群，與那身處碎石帶和人類為敵的精靈族又有所不同。靜刃更早之前的失蹤其實不是失蹤，而是背叛了原本的族群，離開了新界，投靠了碎石帶的分支族群。

但讓君兒此次心情緊張的卻不是這點，而是當她和靈風締結契約以後，契約自主呼喚起了另一半的契約——過去他們未曾感應過另一半的契約何在，可是當越靠近碎石帶，那種呼喚的感覺便越深刻。

相對的，對方一定也收到了這樣的召喚。

「這一次，可能真的逃不掉了。」

靈風語出感嘆，神情卻是無奈。「我只希望哥哥不會傷害團裡的其他人。」

君兒說出自己猜想：「或許靜刃並不是真的背叛，而是假的背叛呢？」

靈風只是苦笑，他撓亂了君兒的髮絲，惹來少女的不悅驚叫。

「或許吧……但我想要聽靜刃親口告訴我答案。」

君兒氣悶的拍開了靈風不安分的大手，邊整理自己的頭髮，邊埋怨的瞪了他一眼。她隨後說道：「事情總還是要面對的。而且靈風並不是一個人，還有我在呢！」

「是啊，反正哥哥我會保護妳的，妳就安心的看我們兄弟倆表演久別重逢的感人戲碼吧！」

靈風試圖用輕鬆的話語表現之後即將迎來的重逢，卻不難聽出他語中的不甚肯定。

……就怕那溫馨感人的想像，到了現實卻變成刀劍相向的殘酷事實啊。

「記住，就跟之前一樣，無論發生什麼事情都不要距離我超過十公尺。」靈風慎重的給出警告。

君兒面露自信笑容，「明白了，笨蛋哥哥，我會好好保護好自己的。如果真的遇到危險，我會使用契約的力量強制喚醒我沉睡的能力來自救的。」

「記住，不到關鍵時分絕對不可以動用那份力量，知道沒有？！」

「好──」

廣播傳出了發言，這一次卻是甜美的女性嗓音。那是紫羽，此時她正代替著卡爾斯接續先前的發言。

「那麼各位，因為此次的危險等級比起前幾次要來得高，這一次老大將會親自站上前線守護開採隊。以下是隊伍負責區域分配，請仔細聆聽——」

儘管不難聽出紫羽的語氣有些發顫，似乎對這種公開發言廣播的任務還有些不熟悉與不自信，但一向膽小懦弱的她，如今能為了卡爾斯站上臺前已是非常卓越的進步。

靈風和君兒細細傾聽紫羽公布規劃好的負責區域，同時召喚出隨身光腦，開始檢閱起自己負責的區域。

這時，靈風壓低了聲音在君兒耳旁附語道：「君兒，等等和隊友會合後，我們假借要布置警戒符文的任務，暫時遠離隊友一段時間……我不曉得哥哥哪時候會出現，所以我們盡可能的跟隊友拉開距離。如果之後發生了什麼事情妳我必須施展力量，也能避開隊友，不讓他們知道太多事情，不然到時候解釋起來很麻煩的。」

「靈風是擔心如果發生什麼不可預期的變化，可能會波及到其他人吧？」君兒微笑，明白靈風嘴上這麼說，其實是在擔心事件會牽扯到其他不相干的人。

靈風臉色一僵，乾咳了聲轉移了話題。

「總之，因為我和哥哥分開太久了，以過去我對他的理解，可能已經不適合現在的他。我無法猜測他可能的行為舉止，所以，如果我們遇到他的話，希望君兒妳隨時做好拿出全力逃跑的準備。」

君兒看了靈風一眼，輕輕的應答了聲。但不難看出她只是在虛應靈風而已。她懷有心思的眼神顯示著她早已下定的決心。
過去的君兒沒有能力能保護自己親愛的爺爺，但這一次好歹她擁有了足夠保護自己的力量，那麼多少可以在旁協助靈風了吧？
自從失去了爺爺以後，她更珍惜每一個對她好的人。先是讓她心生眷戀的鬼先生，後則是這位給了她兄長關愛與照顧的靈風。
她不懂靜刃為何會選擇背叛，但她相信每一個人做出選擇一定有其理由。
無論結果如何，她都會跟著靈風一起去面對。
這對被她母親強迫簽訂神騎契約，因而不得不保護魔女的雙生兄弟，是身為魔女的她所必須擔負的責任！

Chapter 101

千年聚首

當星盜團戰艦穿過那阻隔異族入侵的虛空屏障的瞬間，那來自靈魂深處的共鳴，不約而同的讓三個互相關聯的存在，心裡彷彿如有一只巨鐘被重重敲響似的，讓人忍不住身子顫了顫。

君兒和靈風因此不約而同屏住了呼吸。

靈風臉上原先的慵懶神情，剎那間轉為嚴肅慎重；君兒則是深吸口氣，做好可能即將要迎接另一位陌生騎士的心理準備。

與之同時，那一如往昔在碎石帶精靈領地某處懸崖獨處的靜刃，猛然睜開了深邃的眼。那冷寂的黑眸中亮起了光彩。接著，那從來都面無表情的靜刃揚起了嘴角，面露一抹略帶哀傷的笑意。

他笑起來的模樣，竟與靈風一樣的溫柔。

「我等待了千年之久，如今終於迎來重逢的日子了嗎？魔女，還有靈風……」

隨著戰艦越靠近碎石帶那特有的冰藍飄浮隕石區，靈風突然望向碎石帶的某一個方位——他從來沒有那麼清晰的感覺到靜刃的存在過。

過去幾次的感應都沒有此次的強烈。那發自靈魂的呼喚，讓他可以感覺到那遙遠的所在，正有一雙眼默默的望著自己。

那彷彿被毒蛇盯上的危機感，讓他內心敲響了警鐘。但這一次，他決定不再逃避。

「三十秒後降落！請各隊伍就定位！……倒數二十秒……十秒……五、四、三、二、一！」

轟然一聲巨響，伴隨著戰艦艦身的搖晃感傳來。廣播在同一時間傳出提醒：「戰艦完成正式登陸！十五分鐘後戰艦將撤離碎石帶，請各隊伍於這段時間內裝卸開採器具以及小型逃生艇！預祝各位平安歸來。」

當艙口開啟時，靈風和君兒意外的收到了卡爾斯透過光腦傳來的訊息——

雖然這次的任務危險係數極高，我本來是不打算讓君兒妳上戰場的，畢竟阿鬼交代我照顧妳，我可不希望在這裡讓妳丟了性命——但我想，就算我制止妳，妳還是會想要踏上戰場吧？所以老大我沒有開口要妳留守戰艦。這一次的開採比起先前的幾次更加危險，讓妳感受這樣緊張的氣氛也好。記住，這就是「戰爭」，隨時都有可能殞命的戰場！永遠不要鬆懈妳的防備，保持警戒小心。總之，保護好自己！無論如何都要平安的活著回來！

靈風，保護好君兒，出事找你算帳！

卡爾斯

「放心，老大，我會用我的性命保護好君兒的。」

靈風回傳了訊息給卡爾斯，隨後便帶著君兒連同隊友一同踏上了碎石帶。

從過去到現在，靈風已經不知道是第幾次踏足碎石帶了，但卻是第一次有這種茫然陌生的感受。

一想到即將迎來的命運，他不敢說自己不緊張，只是掩飾的很好而已。

只是就在不久後，他和君兒頓時失去了契約那互相召喚的感應。

「咦？」靈風一愣，與君兒面面相覷。

兩人同時失去感應，但礙於有其他隊友在場，不方便交談。只是突失感應，無法察覺靜刃的所在與行蹤，令人心生不安。

而就在隊友互相交付任務時，靈風開口了：「我和君兒去稍遠一點的地方設立警戒符文，你們小心點。」

「好哦！哈，兩位符文師辛苦了。」隊友暢快一笑，沒有多想的答應了。

「分配到有靈風在的隊伍真是輕鬆，有警戒符文就能更早預知敵人的到來了……」

隨著隊友的聲音漸漸消失在碎石帶冰寒的冷風中，靈風帶著君兒離開了隊伍，來到了稍微有點距離的一處冰冷山丘上，兩人眺望著最後一次感應到靜刃的方向，陷入深思。

「靜刃的感覺消失了呢。這種情況算是正常的嗎？」君兒困惑的問著靈風，同時試圖使用契約的力量感應對方的所在，卻怎樣也感知不到，彷彿被某種力量遮蔽了感應一樣。

「靜刃主動將他那一方的感應封閉了。」靈風的神情變得嚴肅且慎重緊繃。

能夠靠一己之力壓制契約的呼喚之力，靜刃他的實力已經到達這種程度了嗎？靈風心裡的不安感更深了。

想到選擇與己方為敵的兄長已然在修煉上走到了自己之前，靈風忽然感覺自己這一次跟著卡爾斯踏上碎石帶是一件極不明智的決定。

他望向君兒，語氣壓抑的說：「君兒，現在妳還來得及回頭。我可以獨自一個人去面對靜刃的。」

「靈風是在害怕嗎？」君兒睜著一雙清澈的眼，臉上沒有絲毫打算退讓的怯弱。

「你說過了，我們總是要去面對的。陪著你這位騎士去尋找另一位騎士，同樣也是我這位魔女的職責。今天就算我們逃開了這件事，未來還是必須回頭來面對。」

君兒沒有動搖的神情讓靈風嘆息了聲。如果今天只有他一個人，他絕對是會懦弱的繼續逃避事實。可看著君兒，一想到魔女的時間已經所剩不多了，他那轉身逃跑的想法，很快就淹沒在想要保護君兒的念頭之下。

「那麼，走吧！」

＊＊＊

靜刃望著遠處，儘管他強制封閉了另外一半契約對他的呼喚，但他卻能夠模糊感應到對方的存在——這就是實力的差距。

「靈風，結果你還是沒聽我的話好好修煉。」他略微感嘆的說道。隨後，他腳步不停的直往懸崖一側走去。

「這是我最後一次對你的縱容……」靜刃邊說，同時邊從懸崖躍了下去。

他臉上沒有墜崖之人會有的恐懼，而是帶著某種凜然的執著。

就在即將摔落地面之時，靜刃身後張開了斗大的紫金色光翼，讓他乘風而起。

飛行帶給他無拘無束的感受，這是靜刃唯一能感覺到自己是自由的時間。過去，他透過這樣的方式釋放壓力，但這一次卻必須展開翼翅，前去迎接久別重逢的兄弟。

靜刃抬手握緊了配掛腰間的佩劍，原本淡漠的神情染上了一縷森然。

他加快了速度，猶如宇宙中一道紫金色的流星一般疾馳而去。

就在靜刃離開不久後，精靈聖女再一次來到了靜刃先前所待的山崖上，只不過現在她臉上的神情卻是屬於另一人的妖媚傲慢。

「我的王啊，終於準備好要迎接魔女和兄弟了嗎？呵呵，雖然不懂為何這一世王的靈魂會一分而二，但能夠為我上演這齣戲碼倒也是挺有趣的一件事。希望你能凱旋歸來——呵呵呵！」

精靈女神正透過阿蘭妮絲的身體，饒有興致的目送靜刃離開。她傲慢的笑著，卻是面露深沉。

她在等待，等待靜刃正式與魔女決裂的那一刻。

＊＊＊

君兒和靈風兩人漫無目的的在開採區的外圍巡邏，同時藉由空閒之餘建立警戒符文。

「今天好安靜呢。平常我們在建立警戒符文的時候總會遇到一些人類組織的偷襲，但今天從我們建立開始，卻都沒看到有人類組織的存在。」君兒環顧四周，代替正在忙碌的靈風進行戒備。

靈風頭也不回的說道：「大概是因為這個區域先前傳出有精靈出沒的消息，已經被列入紅色警戒區了吧。畢竟雖然要搶奪資源，但那些只會騷擾同族的懦夫根本不敢面對兩大異族。」

「靈風這樣說，總會讓我也以為你是人類呢……我還是不能想像靈風竟然是精靈。你看起來跟奇幻故事裡描寫的完全不一樣，一點也不優雅藝術、不自大傲慢啊？」君兒如此說著，同時因為自己想像靈風若是擁有奇幻故事裡描寫的精靈所有的特質，因為那畫面實在太具有衝突性了，讓她忍不住哧笑出聲。

「妳笑什麼啦！誰說精靈就一定要像故事裡的那樣？」靈風一臉無奈的回道。

君兒笑道：「倒是靜刃就很符合故事裡對精靈的描述啊。你說過他是個很有風度、很優雅且彬彬有禮的人，認真與嚴肅，寬容且沉穩……是真的很有精靈王該有的氣質沒錯。相較於靈風——嗯，我怎樣還是不能想像你竟然也是精靈王欸！」

她試圖談論別的事情來轉換心情，果然讓靈風自原本充滿壓抑感的冷靜中轉回毒舌的性子，開始對君兒語出調侃。

「是啦是啦！說我沒氣質，那跟我身為兄妹的笨蛋妹妹妳同樣也跟我狼狽為奸，沒氣質大小姐就是在說妳這個粗魯女孩。整天只會舞刀弄槍，這樣能嫁得出去嗎？……哇，我都忘了鬼大人說會收容妳了哩。」

君兒優雅一笑，冷不防的回了一句：「笨蛋哥哥放心，雖然小妹我熱愛修煉，但可不代表我不會料理裁縫跟持掌家務哦。比起某個只會擺弄植物藥劑，卻要人協助處理家務的生活白痴好太多了。」

被戳到痛楚的靈風一臉氣惱，隨後卻是嘆息。「好啦，我知道妳想讓我放鬆心情，但今天的工作還是該進行，別想藉機偷懶哦！」

「知道了。」君兒收斂笑意，跟上了靈風前往下一個地點前進的腳步。

不遠處的高空上，兩人絲毫沒有注意到自己正被一雙黑眸默默的關注著。

靜刃看著靈風沒正經的表現，心裡滿是感慨。

「希望你能永遠保持這樣的灑脫……」

只是隨後，靜刃原本身後的光翼遽然張開——一處翡翠色的空間自他的身後瞬間張了開來！

那碧綠色的光輝如雨幕一般的下落，範圍極其寬敞，足有百里之遙。而被這片光雨包圍的所在，便被一層翡翠色的光幕包裹封閉於其內！

外界只看得見一片光膜存在，但裡頭的世界卻已大變了模樣。

——這是靜刃進化成「星界級」的領域力量！

雖說精靈的修煉與人類大不相同，但力量呈現的形式卻相差無幾。

靈風在感知到能量變化的同時，下意識的抓著君兒轉身就跑，甚至還動用起了自己的領域力量，試圖抵抗對方的領域之力——奈何，雙方的實力等級差異過大，讓自己和君兒兩人還是無可避免的被對方瘋狂擴張的領域吞噬其中……

＊＊＊

這一區的變化很快就被黑帝斯星盜團的戰艦監測到，並且飛快傳達給了卡爾斯請求援助。

「卡爾斯哥哥，東北方向出現了星界領域的能量反應！根據系統監測，是有一位星界級巔峰的強者張開了領域力場進行戰鬥。」

紫羽緊張的聲音自卡爾斯的隨身光腦傳了出來。

卡爾斯很冷靜的回應道：「是靈風嗎？」他第一個想到的便是星盜團裡另一位星界級強者靈風在跟某人戰鬥。

紫羽的語氣帶上了哭音，卻還是試圖穩住聲音將事情轉達而出：「在更早之前系統有監測到靈風先生的領域力量反應，但隨後就被那個更強的領域力場給吞噬了……一起被對方領域封鎖在其中的還有君兒。他們兩人被敵人困住了！」

「什麼？！」接到這個消息，卡爾斯可說是無比震驚。

雖然他早有預料這一次的開採可能會遭遇精靈，卻沒想到對方出動的竟然是擁有星界領域的高等強者！而對方的力量竟然能夠抵銷同是星界級的靈風的領域力量，就表示對方的實力遠高於靈風——精靈族還有這樣的強者存在嗎？看樣子精靈族不僅僅在戰艦宇宙戰上有所成長，甚至連個體戰力也開始有提升的跡象……

但如果是一對一，他對靈風很放心，那傢伙的古靈精怪一定能夠平安脫身，真正讓人擔心的是君兒！

「該死，早知道就該把君兒從靈風身邊調開的！」這段時間他已經習慣性的將這兩個師徒分在同一隊，君兒能同時學習一些戰爭時特殊的技巧，靈風也能就近保護她，卻沒想到竟然會出了這種意外！

「這精靈也來得太剛好！」

卡爾斯咒罵道，對自己的隊友下達了新一輪的指示。

「我方有一隊成員遭到擁有星界級實力的精靈攻擊，我要前往支援，所以跟我同一隊伍的其他人前往各隊協助巡守防備，這一區域的開採全部停工！」

＊＊＊

相較於卡爾斯的緊繃戒備，被領域囚禁的兩人卻各自懷抱著不同的心情。

君兒知道在這時間緊張沒有用，便冷靜的觀察起了這片純由翡翠色建構而成的領域空間——這圓形的翡翠空間上下包圍住了天空與大地，將他們封鎖在裡頭。同時，她對星力的掌控也開始有了遲滯感，顯然是他人領域對她造成的影響。

儘管曾經遭遇過卡爾斯的領域壓制，但因為當時的卡爾斯並無傷人之意，所以並沒有拿出百分之百的實力來，以至於當時卡爾斯施展的領域並不是完全型態；而靈風與她對練時，也未曾使用過領域的力量。

所以這還是她第一次親身經歷被「星界領域」封閉其中的感受。

這就是星界級強者進化成空間以後的領域力量嗎？能夠透過自身力量在既有的空間中創造出一處獨立的空間。只要再更進一步成為「星域級」強者，這樣的領域空間甚至可以模擬出外界的一切，如山石林木之類的存在。

只是真正讓君兒駐留目光的並非那彷彿翡翠寶石一樣流動著光輝的空間，而是自空間高空緩緩落下的一位男性。

對方身後展開一對絢爛美麗的流動光翼，身著一身極其華麗的金邊黑袍。一頭深邃的黑髮長髮規矩的束於腦後，而臉部兩側髮絲無法遮掩的耳，卻是獨屬於精靈所有的尖耳。

黑髮精靈擁有一張完美俊逸的臉龐，臉部線條與靈風有幾分相像，卻因為氣質的不同而有所差異。此刻，對方那雙漆黑凜冽的眼，正帶著審視之意望著君兒……

君兒可以感覺到身旁護衛著她的靈風，因為對方的出現而渾身不停的顫抖。

靜刃收回了審視君兒的目光，同時輕輕的朝她點頭示意。隨後他看向靈風，用精靈特有的腔調說出了一句人類通用語來。

「靈風，千年未見……你還是一樣都不愛好好打理自己啊。」靜刃的語氣中懷有無奈，更多的卻是包容自己兄弟的放縱之意。

君兒面露深思，默默觀察著這位初次見面的另一位騎士。

會用這種表情看著弟弟的人，絕對不可能真正背叛對方吧？

靈風顫著聲，喊出了對靜刃闊別已久的稱呼。

「哥哥……」

這個詞，跨越了漫長時間，喚醒了靜刃過去的記憶。

Chapter 102

被隱藏的真實

還記得，過去總有個小傢伙跟在自己身邊喊出這一聲親切的「哥哥」來。那帶著孺慕、信賴的字詞，讓靜刃至今想起都還能感覺到溫暖。但如今自己卻得必須親手斬斷這樣親密的羈絆，不得不說是一種悲哀。

這讓靜刃不由得感嘆道：「呵呵，已經好久沒聽你喊我這個稱呼了。」

「哥哥，告訴我，你真的打算背叛我們嗎？」靈風很快就整理好心情，語帶哀傷的詢問著靜刃。「長老還有大家都在等你回去，我相信只要你和魔女締結契約，一切都還是可以挽回的！」

靜刃沒有回答，而是將目光望向了君兒，彎身行了一個優雅的精靈禮節。

「初次見面，魔女。我是精靈王靜刃．影翼，是這位不成熟的靈風的雙生兄長。希望他這段時間沒有為妳添麻煩。」

「哥哥，回答我的問題！」靈風一臉慍色的吼道，同時擋到了君兒面前，唯恐靜刃會對君兒有所圖謀。他雙手抓握出符文雙槍，擺出了攻擊姿態。

靜刃淡淡瞥了靈風一眼，說：「看樣子以前教你的沒有白費。永遠不要被敵人的表象給欺騙。」

靈風悲痛的看著這位別離許久的兄長，第一次從那熟悉的溫柔笑顏上感覺到了陌生以及……殺意！

他原本還想要勸說，卻在感覺到靜刃毫不掩飾的殺意以後，再也沒能說出口來。

靜刃這樣的態度已經給出了問題的答案──他莫非是想要殺死契約保護的對象魔女，試圖擺脫契約的束縛嗎？

「哥哥，你不是知道如果傷害了這位魔女，另一位魔女就會毀壞我們的母樹害得族群滅亡嗎？你不是一向都是為了延續族群的未來而努力著的，為什麼你會做出這樣的選擇？我想要聽你親口說出答案！」

「……因為，我也有我的願望想要實現。」靜刃語氣突然變得冷漠，只是他這樣的回答卻不能說服靈風。

「有什麼事情我們兄弟倆不能一起實現的嗎？」靈風焦急的問著，卻沒辦法讓靜刃收回殺意。

靜刃只是深沉的看了靈風一眼，眼神讓人難以捉摸。

「這件事，只有我能為自己實現。你，不行。」

兄長堅定的否定語詞讓靈風感覺受傷，一時的愕然讓他鬆懈了防備，竟在懷抱著殺意的靜刃眼前表露出了無數的破綻。

君兒在此時插話了，她的語氣帶著些許怒氣，責問著靜刃：「明明就是你不打算給靈風協助你的機會。原來靜刃是這麼自私的人嗎？為了實現自己的願望，連雙生兄弟都能傷害背叛！」

回應她的卻是靜刃凜冽森寒的目光。

靜刃語出嘲笑：「誰不自私呢？親愛的魔女大人，妳敢說妳不自私嗎？如果不是因為妳前世的一份期許，我不會被妳母親強迫許諾這樣的誓言，而要以我和我兄弟的靈魂與性命來延續妳那殘破靈魂的存續！如果不是因為妳那自私的願望，這些事情全都不會發生！都是因為妳，所以命運受到了干涉與改變——我不像我那個笨蛋弟弟一樣，願意用自己的生命去成全另一個人！」

君兒卻因為靜刃說出的這段話而傻愣住。

「你這是什麼意思……？什麼叫做犧牲自己來成全我？」君兒困惑的望向靈風，可靈風卻在此時迴避了她探究的目光。

「抱歉，君兒，我一直沒能告訴妳……」靈風語帶歉意的囁嚅道。

靜刃冷笑出聲，語帶諷刺的說道：「原來是因為靈風沒告訴妳嗎？那麼就由我來告訴妳吧。」

他舉起了自己的左手，左手背上烙印著半翼的圖騰。

君兒知道靈風右手背上有著同樣卻是相反方向的半翼，這狀似奇異的圖騰，究竟藏著什麼樣的意義在裡頭？

靜刃開口說出這份「契約」的真正含意：「這個圖騰的意義並不是像靈風告訴妳那樣的單純。以我對靈風的了解，他一定只提到這圖騰契約帶來的功能而已吧？但其實這份契約真正的含意是——用我和靈風的靈魂與性命，延續妳這個只能存活二十個年頭的魔女的性命，如此而已。」

「為了讓妳能夠活得更久並治療好妳靈魂的傷勢，這份契約驅使我們必須永久性的損失我們的靈魂力量來治療妳。然後，當妳完全痊癒時，我們將會成為魔女的祭品，在妳的靈魂重新誕生出全新的魔女之力時，將之以剩餘的靈魂力量破壞，讓妳可以完全重新開始，不再為了魔女的力量而被控制神智。但相對的，我和靈風將會永遠的消逝，是完全沒有轉世機會，連同靈魂一起破滅的真正終結。」

「這就是這份契約真正存在的理由。現在，妳明白了嗎？如果我這部分的契約沒能夠與妳締結完成，那麼光靠靈風一個人的靈魂力量，是無法延續妳的性命多少年的。妳以為我會這麼傻，會將自己的性命白白奉獻給另一個人嗎？」

靜刃冷酷的解釋讓君兒如墜冰窖，心頭寒冷的讓她幾乎就要停止呼吸。

她愣愣的看向靈風，不敢相信那個她以為只是要保護她的契約，竟然擁有這更深一層並且殘酷無情的含意。

「為什麼你沒有告訴我這些？」君兒語帶譴責的望著靈風，渾身顫抖著。「你明知道和我正式締結契約就必須耗損靈魂，未來還有可能靈魂永逝，為什麼還這麼做！」

君兒氣憤的大吼著，埋怨靈風的隱瞞。

「你還騙我說你想當我哥哥保護我，結果原來只是藉口而已嗎？！我寧願你跟靜刃一樣背叛我，永遠不要和我締結契約，這樣你們就不用因為我而犧牲了！」

君兒恨起了她的母親，竟然對眼前兩兄弟締結了如此殘酷的契約，這讓她愧疚的幾乎不能自已。如果不是因為她——靈風和靜刃兩人就不必被強迫簽訂這種殘忍的契約了！

靈風只是不語，面帶愧疚的衝著她試圖擠出一抹微笑來。

「哼，只是這樣就讓妳崩潰了嗎？我還沒把話說完呢！」

靜刃冷酷的聲音再一次傳來，讓君兒稍微收斂了震撼的心情，緊緊握著拳等待靜刃接下來的話語。

「妳可能不知道，妳的新生違背了自然規律。本該消亡的靈魂，因為被兩位強大的存在保護了下來而得到重生的機會。儘管妳由孕育的方式重新誕生，但妳的靈魂和身體卻無法完美契合……我不曉得妳在哪時覺醒了圖騰，不過我想，在妳覺醒圖騰的這段時間裡，應該經常出現意識清醒能夠感知外界，卻無法控制身體的情況吧？」

靜刃看著君兒瞬間凝重的表情，明白自己的猜想已得到應證。

隨後，靜刃平靜指了指自己的腹部，卻說：「在妳身體的這個地方，應該有著跟妳的圖騰相似的記號，對吧？」

靈風開口阻止靜刃繼續說下去，因為他不想讓身邊這總是懷抱著希望的少女對未來感到絕望。

「靜刃，你別再說了！你一定要這麼殘忍的將一切全都說出嗎？！那樣對君兒太殘忍了！」

靜刃冷哼了聲，對靈風表露出失望。

「靈風你太天真了，有些事情無法一直隱瞞下去。這件事當事人早點知道也好，省得她繼續濫用契約的力量，哼！」

就當靈風正欲繼續開口，卻感覺到手邊袖子被拉扯，他側首望向他身邊神情冷凝的少女。

「君兒……」

君兒平靜的對著靈風說：「靈風不想告訴我不是嗎？那麼請讓靜刃繼續說下去吧，我想知道……我身上到底藏了多少我不知道的秘密。」

「那麼就讓我當那個壞人吧。」靜刃不等靈風回答，便繼續接著說了下去：「妳腹部的印記，是因為誕生當時靈魂和身體無法契合，隨時都有可能魂體分離，因此妳那一對強大的父母將靈魂椿紋強制烙印在妳的身軀上，這個『椿』能夠勉強維持妳靈魂與身體的契合，但隨著妳過度消耗靈魂的力量，或者是因為年紀逐漸成熟，被封印的力量慢慢甦醒，『椿』將會逐漸失去效用。」

「除非我和靈風與妳締結契約，繼續維持妳靈魂和身體的契合狀態，這樣妳的靈魂與身體才能隨著漫長時間的磨合逐漸圓滿融合，否則結局還是魔女的靈魂回歸虛無而已。當妳踏進新界之時，命運的倒數計時就已經開始了。」

就在靜刃結束了發言之後，三人之間頓時陷入一陣長長的沉默之中。

靈風手足無措的就想安慰一臉面無表情的君兒，最後只好伸手將君兒摟進懷裡，給了一個沉穩扎實的擁抱。

「笨蛋，一定會沒事的。只要妳永遠懷抱著希望，奇蹟就一定會發生的！別忘了妳身邊還有很多人支持妳，一定還有別的辦法的！」

「嗯，我知道。」

君兒的回應簡單且單調，讓靈風覺得很不妥。只是當他看向懷裡的少女以後，少女臉龐上那彷彿做出某種決定的耀眼神采，才終於讓他放下了心口大石。

儘管心懷忐忑，儘管對未來充滿了疑惑，但只有繼續闖蕩下去，才能為自己找出一條生路！

對於君兒這樣的回應，靜刃眼帶讚賞，卻沒有因此放下對君兒的殺意。

因為只有「殺了魔女」，他的夢想才能夠實現。

君兒很快就將靈風推開，示意對面還有一位大敵正虎視眈眈的望著他們。

「笨蛋哥哥，回去之後我們再好好來清算。」她有些埋怨的瞪向靈風，因為他的隱瞞而心生不悅，只是明白靈風也是怕自己牽掛擔憂所以才不多加解釋，心裡倒是沒有多加責備。

靈風慎重點頭後，轉身面對靜刃，並暗示君兒做好逃跑的準備。

「君兒，等等我會盡可能的拖延靜刃，同時破壞他的領域讓妳逃出去，妳逃出去以後儘快跟老大會合，或者是想辦法進入虛空屏障。靜刃和我不一樣，我被這個世界的法則所保護所以能夠自由出入，但他會被排斥。只要進入虛空屏障妳就是安全的了，等等想辦法往領域外圍逃跑，知道沒有？」

靈風低聲交代，君兒卻是搖頭表示不贊成。

「我們兩個一起來，一起出去。我不會丟下靈風一個人逃走的。」

壓下心裡因為知曉了許多被隱瞞的事情所浮現的忐忑，君兒決定暫時忘掉這件事，將思緒轉至如何與靈風一起逃脫靜刃領域的這件事情上。
「討論完了嗎？」靜刃冷漠的嗓音傳來。他平靜的任由君兒兩人談論，直到他們似乎做出了決定為止。
「如果你們已經討論好的話，那麼——」
靜刃背後的光翼搧動，隨後他抽出了配戴於腰側的長劍，劍尖直指對面的兩人。
君兒和靈風互視一眼，彼此很快就擺出了防禦或者是攻擊的姿態。
而下一秒，靜刃絲毫沒給兩人更多準備的機會，光翼一拍，身影便如一陣疾雷般的猛然攻至！
靈風動作飛快的截住靜刃就要攻向君兒的攻擊。他符文雙槍交疊身前，硬生生的擋住了靜刃的利劍。
「君兒，展翼！」靈風高聲吼道。在他話語方落的同一瞬間，他解放了自己遮掩精靈特徵的道具，將一對與靜刃同樣璀璨的藍金光翼徹底張了開來！
這是君兒第一次看見靈風的光翼，但是卻沒時間能仔細端詳。就在靈風語出指示之時，她熟練的張開自己的蝶翼，開始向領域邊緣飛了出去。
君兒雙手抓握出符文雙劍，開始積蓄起力量，試圖在靈風為她爭取時間的時候，向外破出一道開口，想辦法將求救訊號傳出去。
只是君兒很清楚，哪怕自己的實力在這段時間有了成長，但憑著她此時的實力，根本無法撼動星界級強者的領域。她唯一能做的便是透過符文的力量不斷增幅自己的攻擊——如果最後真的不行，靈風告誡她，可以使用那兩種禁忌符文為自己爭取機會……

而另一方面，被靈風擋下的靜刃顯得游刃有餘。

看著靈風哀傷望著自己的眼神，靜刃絲毫沒有被動搖意志。只是，靈風卻在靜刃的眼中看到一閃而逝的悲傷。

明明是最親近的兄弟，如今卻因為一份契約而徹底決裂，他們彼此心中的傷比任何人還痛。

「靈風，現在的你還太弱了……」

靜刃一嘆，持劍的手瞬間發力掙脫了靈風限制住他武器的舉動，同時狠辣的施展了足以置人於死地的強力攻擊！

靈風反應極快，在靜刃掙脫之時就擺出了防禦姿態，仍被靜刃攻擊時帶來的磅礡力量硬生生轟了出去——只是他這一退，卻讓靜刃眼前再無障礙，直接對上了君兒！

「糟糕！君兒——」靈風焦急著出聲警告，同時展翼試圖搶在靜刃之前趕去君兒身邊。

靜刃那刺人心扉的殺意鎖定君兒嶄露破綻的後背，讓君兒額間滑落了冷汗，然後手邊使勁破壞領域邊界的舉止卻在此時有了動靜——那翡翠色的領域光膜，崩裂出了一道口子。

「成功了！」

只是這麼小的一個開口，就足以讓她隨身攜帶的小型光腦將求救訊號傳出去，那麼接下來，他們只要等待卡爾斯由外界攻破靜刃的領域，就可以逃出去了！

而現在最首要的任務……就是如何在這段時間裡與靜刃周旋下去。

求救訊號發出以後，君兒動作迅疾的回身，卻只見一道銀芒就在眼前！

「靜刃，如果你真的殺了君兒的話，我會恨你一輩子的！」

靈風悲憤的吼聲傳了過來，讓那道原本瞄準君兒的銳利銀芒有了些許偏差。

君兒知道此時不能再顧慮靈風過去的警告，下意識的喚出了那曾被靈風警告過，不到危機時不可使用的兩大符文之一！

當禁忌符文之一，代表「時間」的深藍星點符文出現時，在下一秒即將貫穿自己的銀芒彷彿在一瞬間停止了。

時間剎那間的凝滯，給了施展符文而不受影響的君兒，有機會閃開了靜刃的攻擊，隨後展開翅膀直朝靈風那飛了過去。

但僅是短暫召喚這樣的禁忌符文，君兒卻有種全身力量都要被抽乾的空乏感。難怪靈風說不到危機時刻絕對不能使用，因為那需要龐大的力量作為後盾，否則難以為繼。

「妳沒事吧？」

靈風焦急的迎上前將君兒護至身後，同時不忘頻頻回首看向因施展出禁忌符文而面色蒼白的君兒。

「我沒事，只是使用禁忌符文，此時我還有些吃不消而已。」君兒邊解釋，邊對自己施展治療疲倦和恢復體力的符文。

而一擊落空的靜刃沒有因此惱怒，他平靜的回過身來面對再度會合的兩人，卻是蹙起眉來。

「想要長命的話，就別常動用剛剛閃開我攻擊的那種力量。」

靜刃這句勸阻的話語，讓對面面露戒備的兩人為之一愣。

「別誤會，這關係到我的夢想實現，我可不希望魔女提早死去。要死，也是我親走奪去妳的性命才是。」

「我不懂你為什麼執著於殺死我，這份契約沒有解決的方式嗎？一定要用這種方式做結束？」君兒提出了她的疑問。

靜刃的回應是再一次的持劍攻來。

「嘖，君兒保護好自己！」靈風施展了幾個防禦符文加在君兒身上，便向前與靜刃進行纏鬥。

兩人纏鬥之餘，靜刃看著靈風的目光帶上了審視與憤怒，語帶慍惱的對著靈風開口：「這就是你的選擇嗎？為了一個將會耗損你性命與靈魂力量的陌生人，付出性命的代價？」

「這和靜刃沒關係。這是我為自己決定的事情！」

「那麼……今天之後我們就是敵人了，我不會手下留情的。如果必要，我也會親手取走你的性命。」

靜刃冷酷的說著讓靈風心隱隱作痛的殘酷話語。

靈風眼裡閃過悲傷，聽著靜刃這樣宣言，他知道昔日他們兄弟倆的親近已是過去，如今他們因為不同的選擇，而必須成為死敵！

「哥哥……這是我最後一次這麼叫你了。」靈風語氣轉為平靜，隨後堅定了神情。「既然你有你的夢想要實現，我也有我的夢想！哪怕我們的夢想互相衝突，我也會堅持我的夢想走下去的！」

「我不能幫助你，但至少——我也要保護我的妹妹君兒！」

靜刃神情一凜，加重了攻擊的力道；靈風不甘示弱的持槍近戰，展翼的他不僅沒有因為身為遠程攻擊者而落得下風，反而能與靜刃互相對抗。

在半空中，一對模樣相同卻展開不同色澤光翼的兄弟，開始了拚死搏殺。

殺氣爆發，金紫與藍金的光影交錯！

雙子的神騎、至親的兄弟，在這一刻——正式錯開了未來的軌跡！

Chapter 103

危機毫秒時分

「卡爾斯哥哥，收到君兒他們的求救訊號了！座標在翡翠領域的——」紫羽高聲在隨身光腦另一頭喊出了一處座標，並且幫卡爾斯在微型地圖上做了標記。

卡爾斯面色凝重的看著隨身光腦上的標示，同時邁步狂奔。

「求救訊號只出現幾秒鐘而已，看樣子敵方的強大程度似乎連靈風都難已攻破……該死，沒想到竟然會遇上精靈！」

龍族沒有領域技巧，而在這碎石帶上能夠使用與人類相似的領域之力的，只有精靈族了！

對方的領域呈翡翠色澤，卻扎實的望不穿裡頭的情況。這方圓近百里的領域範圍，想從外部救援，最好能夠得知內部同伴的所在區域由外界進行破壞。若是先前君兒他們沒有發出求救訊號，卡爾斯恐怕也只能像隻無頭蒼蠅一樣胡亂找處地方破壞了，但卻有可能來不及趕上援助。

終於，卡爾斯來到了先前君兒傳出求救訊號的座標區域，他神情凜然全力張開自己的領域，試圖透過自己領域的特性將對方的領域破開！

卡爾斯的領域因為他的體質特殊，因而擁有了他天賦能力的劇毒之力。那幾乎能毒殺一切生物的劇毒，連堅實的領域都能夠溶解。

只是，當彼此的領域碰撞時，卡爾斯卻感覺自己的劇毒領域竟然略輸一籌！

「這是我第一次遇上我的領域沒辦法直接溶解對方領域的情況……敵人是精靈族中的某位皇族強者嗎？」

卡爾斯眉心一蹙，不多加思索，果斷的發出更高等級的求救訊號——並非他示弱，而是唯恐這位未知敵方背後可能帶來的可怕威脅。精靈一向都是群體行動，天知道這一次這位精靈強者的主動攻擊，是否背後還有其他陰謀存在？

只是靠外界的援助也要時間，現在唯一在現場的卡爾斯，只能盡可能救援身困領域之中的君兒和靈風了。

＊＊＊

在靜刃的領域之中，三人的戰鬥正僵持不下。

君兒謹記靈風的指示，拚了命的圍繞靈風背後飛行並且閃避靜刃的追趕。同時還得想盡辦法復原自己先前因為使用了禁忌符文而幾乎衰竭的星力。只是那從靈魂深處透出的疲倦，卻因為這長時間的追趕讓她逐漸慢下了速度。

靈風很是焦急，在阻擋靜刃攻勢之餘，同樣還得分神保護君兒，身上很快就多了不少傷痕。他因為戰鬥而凌亂的瀏海，再也遮掩不了自己一直想隱藏的眼。

靜刃看著那一臉狀似以死拚搏的雙生兄弟，對靈風這種因決心而堅強的表情很是欣慰。

不過……

跟他這個擁有累世精靈王記憶的存在比起來，靈風的成長還是太弱了，這不是他所願意看見的。

而為了實現他的願望，靈風必須成長才行！

「靈風你太弱了。」

在短兵相接時，靜刃看著靈風的眼裡有著殘酷，他對著靈風如此說著。

同時，他抽出了腰間另一把從戰鬥開始一直沒有抽出的佩劍！

當靜刃揮舞著第二把長劍重重斬落，靈風眼眸一縮，勉強操控一柄符文槍擋下了靜刃這突來的攻擊。只是就在靈風分神瞬間，對方竟趁機自他露出破綻的腹間狠狠一踹，將他遠遠掃飛了出去。

就在靜刃和靈風自纏鬥狀態分開，下一秒靜刃便以比先前更快的速度朝君兒衝了過去。

也就在他踹飛靈風，轉身便往君兒疾馳而去的舉動，靈風這才明白，原來靜刃一開始就沒有拿出真正的實力來。從先前與他的戰鬥，靈風就隱約有這種感覺了。靜刃只是在試探他們，直到此刻才終於拿出真正的實力來了嗎？

在這一瞬間，靈風忽然有種被那飛遠的身影狠狠拋下的難受感覺。

「住手——！」

眼看靜刃就要追上疲倦虛弱的君兒，下意識的，靈風也不再顧慮使用禁忌符文的忌諱，雙手各自閃過象徵「時間」與「空間」的紫紅與深藍星點符文！

原來靈風同樣能使用禁忌符文，只是儘管身為星界級強者，他操作起這兩個攸關世界運作的符文，也很是吃不消。

靜刃急如星火般的飛行因為靈風釋放「時間」符文的關係，而在半空中呈現了詭異的幾秒暫停，那勢如破竹直指君兒的劍尖，就這樣硬是在君兒面前距離一尺不到的區域駐留了幾秒。而趁著這個時間，靈風拚盡全力使用了「空間」的符文，硬是使用了實力必須更高一個等級才能使用的瞬移能力！

衰弱的君兒自知可能躲不開靜刃的這次攻擊，果斷的做出了防禦準備。只是當看著眼前攻來的劍影，卻是深感自己的實力薄弱。她並不害怕死亡，卻恐懼再也見不到那位讓她心動的鬼先生。

就在這毫秒之間，靈風的身影遽然撕空而至！

他果斷的推開了君兒，毫無後悔的，代替她承受了解除時間限制而繼續攻來的利劍。

儘管沒有人使用停滯時間的符文技巧，但是君兒卻感覺時間停止在那柄無情的劍穿透靈風腹部的剎那之間。

靈風身後似乎傳來一聲嘆息，但卻被君兒忽略了。

她臉上濺上溫熱的血漬，這一瞬間君兒的思緒有些空白。

「笨、蛋……快……逃……」

靈風張口，卻是嘔出了鮮血，艱難的說出了這幾個字。那劍穿透了他左腹，也斬斷了他對靜刃留存的最後一絲盼望。

對於能與靜刃再一次回到過去那樣親近的期許，他這下是真的死心了。
這一刻，沒有人注意到那持劍重創靈風的靜刃，眼裡透出的那深切悲傷。
君兒忽然覺得，如果自己能夠再強一點就好了。
看著靈風臉上有著焦急，張口要她逃跑的語詞，她忽然想到被皇甫世家抓走那天，自己無能為力選擇未來的那個時刻。
因為自己的弱小，所以她沒能反抗被抓捕，更甚者沒能夠陪著心愛的爺爺走過最後一刻。
就當心中的恨意聚集到最高點時，君兒只感覺額頭上閃動的圖騰忽然燙了起來——有某種力量被解放的感覺傳進她的四肢百骸，讓原本衰弱的她頓時感覺渾身充滿力量。
這時，她已不在乎使用的究竟是從何而來的力量，此時的她只希望能夠得到更強大的力量！
靈風原本因為痛楚而微瞇的眼，因為君兒突來的變化而驀然瞪大。
「笨蛋，不可以——」
眼前原本神情空白的少女，神色染上了一絲極端的冷酷與傲慢。儘管君兒在戰鬥時也會有冷酷的神情，卻不曾有過這種視萬物一切為螻蟻的神情！
只是這樣的眼神在與靈風眼神交會的瞬間出現，下一秒，君兒恢復了原本的倔強與擔憂。但她背後原本美麗的蝶翼，此時卻因為先前的神情出現，而剎那染上了詭異的深紫色澤。
「放開靈風！」君兒怒聲吼道，同時抓握著符文劍攻了過來。
靜刃果斷的收回貫穿靈風腹部的劍，側身閃開攻擊並且高飛遠退。

他冷冷的看著君兒身上的變化，淡漠的說了一句：「仇恨的意念喚醒了魔女的力量……我就知道哪怕那兩位自妳靈魂中挖走屬於魔女破壞之力的那一部分，但魔女本身還是能夠再一次擁有那樣的力量——名為毀滅的力量！只要心懷仇恨與負面，魔女將永遠都只是終焉一切的魔女，而不可能成為執掌奇蹟的星星魔女。」

君兒本來被心中的恨意驅使，就想持劍與靜刃對戰，但當靈風摀著傷處無力下墜之時，她對靈風的關心還是勝過了那被力量驅使只想戰鬥的念頭，調頭將靈風勉強拉住，同時張開蝶翼、召喚出符文，讓兩人能夠平穩的落於地面。

「笨——咳咳，笨蛋！」

靈風憂心至極的望著君兒，他知道君兒此時使用的力量是魔女才能擁有的力量，沒想到竟然因為君兒的心情而被喚醒了？！這麼說來，另一位魔女費盡千辛萬苦才自君兒靈魂中挖出的魔女之力，其實根本無法根絕消失。

「不、不要陷入負面的情緒裡頭，要去戰勝那樣的情緒，不要輸給自己！」

靈風使勁的擠出這一段話，幾乎就要耗盡氣力。方才靜刃的攻擊在他體內留下了自外部攻進的凌亂星力，與他自身的星力產生了衝突，讓他一時半刻無法透過星力治療自己，只能勉強使用符文技巧緩和自己的傷勢。

靈風緊緊抓著君兒的手臂，滿臉憂心。

「我、沒事……君兒妳……」

君兒這時也察覺了此時自己擁有的力量從何而來，渾身顫抖不已。她正在與那被仇恨之意喚醒的力量抗爭，很快的就壓下了那瘋狂渴望戰鬥與毀滅一切的可怕意念。

僅僅只是幾個呼吸間的意識爭鬥，君兒卻有種深陷十年的錯覺，再回神時已是大汗淋漓。

「這份力量控制不了我的！」不久之後，君兒冷靜的說著。她望向遠方高飛天空的靜刃，眼神是只有對待敵人時才會展現的冷漠。

靜刃面無表情，他的目光先是望向坐倒在地的靈風，隨後移向了君兒。

「希望妳永遠不會迷失在魔女的力量之中。」

就在此時，靜刃突然看向了領域的邊界某處，那裡正被某種深綠色的力量逐漸腐蝕入侵。

「毒……嗎？看樣子有人來救你們了。」靜刃蹙眉，展翼飛得更遠。

「暫時還不想與人類強者為敵，這一次算你們幸運，就繼續苟延殘喘吧，靈風與魔女呀！下一次就是我親手了結這該死命運的時候了。」

靜刃留下的警告自遠處傳來，隨著話語越發細弱，領域自被破壞的那一處對面的遙遠一側開始分離崩解。

「君兒、靈風！敵人在哪裡？！」卡爾斯焦急的聲音傳來，一道人影幾乎就在話語方落的同時，來到君兒兩人身邊。

卡爾斯在利用自己的領域腐蝕對方的領域時，還沒能完全破壞對方的領域，就感覺對方收回了力量。而就在那翡翠色領域崩潰的瞬間，他只來得及捕捉到遠方有一道紫金色的光輝如流星般的急速劃過，根本來不及看到對方的身影。

隨後，卡爾斯看到君兒的模樣先是一愣，又再看見靈風此時的狀態以後變了臉色。

「靈風你……？！」尖耳以及光翼……這不是精靈才有的特徵嗎？！

「咳……抱歉老大，這件事、我想就由羅剎大人……親口跟你解釋吧。」靈風勉強一笑。

君兒為他施展了幾個封印翅膀的符文，用過去靈風曾協助過她的技巧，協助靈風隱藏他背後的光翼。

卡爾斯因為知道了靈風竟然是敵族之一，而有些臉色鐵青。但他隨後卻問道：「喂，你不是跟阿鬼一樣，身上有羅剎給予用來隱藏真面目的符文道具嗎？快把耳朵遮起來！君兒妳也是，快收起翅膀，我們得快點離開。我已經發出更高等級的求救訊號，等等若人類守護神趕過來，被對方看到你們這副模樣可就麻煩大了。」

他語中的庇護之意深厚，讓靈風揚起一抹燦爛笑容。

「老大……謝了！」靈風邊感謝著，卻又邊咳著血，讓君兒很是擔心。

卡爾斯無奈的瞥了靈風一眼，同時和君兒一人一邊撐起了靈風。

「難得能讓你這毒舌傢伙感謝我。放心，我認識你那麼久了，還不知道你是怎樣性格的人嗎？之後你再跟我好好解釋……這一次沒事就好。對了，之前跟你們對戰的是什麼人，有什麼樣的特徵，知道嗎？我必須要將消息回報上去。」

提到這，君兒和靈風同時沉默了。

卡爾斯一挑劍眉，卻是很有耐心的等待著兩人給出答案。

而隨著靈風終於穩定了傷勢，他才喃喃開口道：「……對方，擁有跟我一樣的髮色與眼睛顏色，擁有一張跟我一模一樣的臉。唯一的區別在於他的翅膀是紫金色的，個性比我沉穩。對方就是我一直在尋找的那個人……」

「……啊？」卡爾斯面露不解，隨即驚喊出聲：「……等等！也就是說，那傢伙是——」

靈風的笑容變得勉強且哀傷，他的聲音顫抖著，說出了決心往後不再唸出的那個字詞。

「他是我的雙生哥哥——同時，也是碎石帶的精靈一族的王，靜刃．影翼！」

遠遠的，靜刃遙望著那已然如螞蟻般細小的人影回到他們的團隊裡頭，那張與靈風相同的臉龐浮現了一絲愴然。

他自己仍未擦去血漬的手，此時正輕輕顫抖著。

「抱歉，靈風……不這樣你是不會成長的。請為了我的夢想繼續成長吧，因為只有你才能活出我所不能擁有的——」

最後的字詞還未說出口，靜刃的話語便被不遠處飛掠而來的光點吸引了注意力。他原本滿懷哀傷的眼再度變得冷酷，同時抽出了兩側腰間的雙劍。

「不愧是『人類守護神』，久聞人類至強者之名，今天就讓我試試究竟有多強吧！」

遠方光點忽然憑空消失，靜刃眼前的空間卻裂開一道縫隙來，妖嬌的笑聲自裡頭傳出。
「沒想到精靈族中還有如此強者，真有趣……」
一位絕色、能夠讓人自慚形穢的人類女子，自空間縫隙裡優雅的走了出來。
她身穿制式的白色褲裝，一頭高盤起的白色髮絲，肩頭披著白狐披肩。女子有著一雙勾人心魂的紫色媚眼，配合著那妖嬈的身材，幾乎能讓人為之痴狂。
只可惜她對上的是精靈一族的王，或許她的美豔能讓人類同族為她瘋狂，卻無法讓靜刃堅如鋼鐵般的心有絲毫動搖。
「人類守護神中的女性據傳只有一位……是『魅神妲己』嗎？」
靜刃冷冷的開口說出人類通用語，讓女子訝異的「咦」了一聲。
「沒想到竟然有精靈知道我的稱號。」女子細細端詳了靜刃一會，饒有興致的說：「黑髮黑眼的精靈，這還是我第一次看見。而且，紫金色的光翼……」
女子危險的瞇起了紫眸。
眼前的精靈所擁有的特徵，她駐守了精靈戰區千年之久還未曾看過。再加上紫色是精靈皇族才有的特徵，今天眼前的精靈擁有的紫金色光翼似乎更高等級……這是否代表著眼前的黑髮精靈在精靈族中擁有不一樣的地位呢？
靜刃不語，只是一貫的以利劍給出回應。
戰鬥開始。

＊＊＊

當卡爾斯帶著靈風和君兒與星盜團的成員會合時，遠方的天空傳來了力量碰撞炸裂的光輝。

靈風眼神複雜的望著遠方的戰場，最後咬著牙別過了頭，不再去想結果如何。他撥亂了額前瀏海，遮掩住了他藏不住情緒的眼。

永別了……哥哥！靈風在心中悲傷的對記憶中那熟悉的身影道別。

只是此時，原本撐在靈風身側的君兒忽然腳步一個踉蹌，人就這樣直挺挺的倒了下去。

「君兒？！」

君兒因為使用禁忌符文而透支了體力，又因為情緒的大起大落喚醒了魔女的力量，最後終於在踏上安全地點之後，安心的陷入深層的昏迷之中……

Chapter 104

逆向思考的另類挑戰

「辰星對不起、對不起……」

女性的哭聲在耳邊響起。君兒只覺得身體非常的疼，難以形容的疼痛，卻怎樣也無法控制自己的軀體。

男性字句悲吼著仇惡的字眼，這聲音君兒曾在別的夢境裡聽過──那是噬魂的聲音。

『住手！我叫你們住手──！不要在辰星死後還這樣糟蹋她的靈魂！』

君兒看不清畫面，只覺得身體，不，那應該是靈魂的痛楚。

還記得靈風曾說牧辰星在死後，靈魂被挖去了屬於魔女的力量，這個夢境是否是在回憶當時的事情？

「只有拿走魔女的力量，下一次妳才有機會誕生出屬於自己的力量……對不起──」

『不要傷害辰星……算我求你們，不要傷害她，不要再傷害她了！』噬魂的聲音帶著哭音，懇求著。

另一道略帶冰冷的男性嗓音如此說著：「不奪去魔女之力，她沒辦法瞞過……重新誕生的。」

中間有一段字詞模糊不清，讓君兒沒聽清楚。

『那也不用傷害她吧？奪取辰星的力量純粹只是牧非煙需要她的力量活下去而已！噁心，說什麼為了妹妹，其實還不是都是為了自己！』

「閉嘴！」

男性怒喝，隨後可以聽到噬魂咒罵了聲之後便再無聲息，只剩下女性低低哭泣的聲音。

「對不起……」女性的哭音訴說著無數的歉意。

「非煙，別忘了辰星最後的願望，這也同樣是我們的願望。」

「我知道，但還是忍不住想哭……辰星以後要是知道我們曾經對她做了那麼過分的事情，她會不會怨恨我們？」

男性一嘆，說：「要恨，就恨吧。至少她還能恨我們。總比什麼都沒剩下還來得好。」

這一句話裡頭透露著沉重的悲傷，令人不勝唏噓。

不久後，君兒只覺得自己的靈魂一痛，彷彿有某種事物被挖去的感覺傳來。然而更深的情緒卻是一種輕鬆，就彷彿失去的那部分是她並不在乎的，反而還有種解脫的感覺。

這應該是牧辰星的感受吧？失去了那讓她絕望的魔女之力……

「……非煙等等！」男性忽然出聲制止，語帶嚴肅的說道：「該死！還以為可以輕鬆的拿出魔女的力量，但力量果然還是跟靈魂的核心緊緊相連著嗎？」

君兒只覺得意識就要消散，但這種「消失」並不是陷入沉睡，而是意義上的永遠消失！

女性焦急的問：「那怎麼辦？！」

「只能斬斷聯繫，可是還會有一小部分的力量留滯辰星的靈魂之中。原以為這樣就可以讓她不用再為魔女之力煩惱，但看樣子恐怕是不行了……這份與靈魂緊緊相依的力量，未來可能還是會因為辰星的意識或願望而逐漸甦醒成長，失去力量的她將再度得回魔女的力量。」

男性冷靜的分析著，相較之下女性顯得異常驚慌。

「不過不要緊的……我在她靈魂的缺口填入我創造出的另一個完美法陣圖騰之力，或許能夠壓制魔女之力的甦醒。」

在君兒的意識裡頭，那原本只有聲音存在的黑暗之中忽然亮起了光輝，凝聚成了一個小小的蝴蝶圖騰——圖騰在隨後綻放的光亮吞沒了黑暗，也將她一同吞噬。

隱約間，君兒聽到了男性呢喃的低語聲音。

「……活下去，然後創造奇蹟！」

＊＊＊

「君兒！」

焦急的喊聲驚醒了君兒，讓她自夢境中幽幽轉醒。

紫羽淚眼矇矓的看著她，在看見她睜開眼後破涕為笑。

「太好了，妳終於醒來了！」

君兒後來才知道，自己當時平安回到團隊以後整整昏迷了兩個星期，讓紫羽擔心死了。而靈風因為只是肉體傷勢所以很快就痊癒了，只是當時他們和靜刃分別之後，靜刃便遭遇了一位人類守護神，並且與之發生戰鬥。

最後的結果是，與靜刃一戰的守護神嚴肅的向世界傳達了精靈族存有一位強悍王者的消息，要人類多加小心。

紫羽又和君兒聊了一會在她昏迷期間發生的事情，之後便離開了，留下隨後來探望君兒的靈風。

「……結果，靈風還是在擔心哥哥嗎？」君兒躺在病床上，聽著靈風講述關於那位守護神轉達的消息，說出了靈風沒說出口的話。

靈風張口就想辯解，最後卻在君兒清澈的目光下沉默了。

良久後，靈風才慢慢開口道：「君兒，抱歉……有那麼多沒告訴妳的事情。」

君兒只是嘆息，有些事情既然已經發生，那她就算埋怨也改變不了事實。她所能做的僅僅只是改變心態，用正面的態度去面對那樣糟糕的事態。

「我相信總會有辦法的，雖然我只能活到二十歲，或者說，我身上支撐我靈魂與身體契合的『椿』只能維持二十年吧？」

君兒冷靜的分析事實，她的平靜卻讓靈風面露難受。最後，靈風終於將他先前一直沒能說出的事情轉達而出。

「按照理說是這樣沒錯……但除此之外，還有另外兩個方案可以救妳。其中一個，便是當時和魔女牧非煙一起挖走妳魔女之力的另一位存在，我知道他被羅剎稱作父親大人，應該和羅剎關係匪淺，但這部分我並不清楚，有機會妳可以透過鬼大人去向他詢問。而這位存在，另有一個別稱──『白金魔神』。」

聽聞這個稱呼，君兒冷不防的想起了那曾在夢中出現，親手贈予牧辰星墜飾噬魂的那名男性。對方最後在結束牧辰星性命時，模樣就是白髮金瞳的狀態，正好符合了這稱呼中的「白金」之意。

……會是她猜想的那個人嗎？

靈風繼續說了下去：「而另一位，就是連哥哥我都被比下去，被妳放在內心最深處的鬼大人了。」

「咦？鬼先生也能夠協助我？」君兒一愣，有些訝異的喊道。

然後，君兒再想起那與戰天穹息息相關的噬魂，又想到了自己的前世，多少猜出了或許可能跟噬魂有關。

「嗯，不過協助妳的前提是擁有圓滿完整的靈魂。若真要說的話，白金魔神已經達成了條件，但他似乎因為很多理由所以陷入沉睡之中。所以，如今只剩下鬼大人勉強能達到條件，可前提是他必須願意和噬魂融合成為一個完整的靈魂才行……這兩位的靈魂擁有和魔女的靈魂相對等的力量，妳可以理解為擁有相同靈魂頻率的人才能夠拯救妳。」

靈風嘆息了聲，面露遺憾。

「基本上我和哥哥本來也可以，但顯然這個方案已經不能使用了……我只能盡可能的保護妳，協助妳治療妳的靈魂傷勢，然後期許在最後的時間點到來時，鬼大人或者白金魔神能夠接手我的任務。我不能再幫妳更多了，抱歉……」
聽靈風說著，君兒的神情嚴肅了起來。
「有沒有可以不耗損靈風靈魂力量的辦法？我不希望因為我的緣故而讓靈風衰弱。」
靈風思索了一會，說出了他唯一想得到的辦法。
「妳也知道我們之間因為契約可以互相感應到對方，但相信這樣的感應會因為妳我的實力有距離之差，也許相隔千里之遙這樣的情況會好很多……只是，妳還是必須穩定妳的靈魂到達某種程度才行。上一次妳動用禁忌符文已經消耗了大量的靈魂之力，要復原到全盛時期，恐怕也要一段時間。」
「看樣子，妳真的必須在和老大約定的兩年時間裡跟我朝夕相處啦。」靈風試圖用輕快的語氣打破僵硬的氣氛，「雖然也才剩幾個月而已，但這段時間妳就好好休息吧。之後兩年時間一到，老大就會讓妳離開這裡前往戰族了，到時候有鬼大人照顧妳，我也可以安心的回到族裡休養一段時間，之後會在最後時刻來臨前回到妳身邊照顧妳的。」
他伸手摸了摸君兒的腦袋，面帶不捨。
「笨蛋，對不起，因為我也有我的願望，所以我也想要變得更強。我不得不回去族群休養以及更精進自己的力量，為了在下一次對上靜刃時，能好好保護妳。」
「沒關係的！」君兒的臉色雖然還有些蒼白，但眼神已然恢復了光采。「雖然不知道我最後會面對什麼樣的事情，最終時刻又會如何到來，但是我總不能一直依靠你和鬼先生，我相信一定能找出方法的！」

「你們總說魔女之力會汙染我的心智，但反過來，如果我可以控制魔女之力呢？」君兒說出她的想法，眼裡閃動智慧的光輝。

她這樣大膽的想法讓靈風大驚失色。

靈風語帶愕然的勸說道：「這太危險了！君兒妳可不要輕易碰觸那份力量。」

「不試試看怎麼知道呢？牧辰星不能控制，可不代表我辦不到！我擁有她所沒有的堅強，再加上那份力量因為和靜刃戰鬥時才剛剛甦醒，趁現在及早控制住還來得及，若是我一直放置不管，等我最後警覺時，想必也已經被暗中入侵心靈了吧？」君兒不服氣的說道。

她臉上的固執讓靈風瞠目結舌的說不出話來。

一看到君兒這表情，他知道現在就算是戰天穹親口勸說，君兒恐怕也不會放棄這樣的打算了。

最後靈風只好無奈一嘆：「搭上妳這個總愛挑戰不可能的笨蛋妹妹，我這個哥哥可真是辛苦啊……」

君兒展顏微笑，俏皮一笑，「當然！照顧頑皮的妹妹，不就是哥哥的工作嗎？」

「妳……！好啦，但最好在這段時間就開始進行，有我陪著我也比較安心。之後跟我分別的時間裡，除非鬼大人在的場合妳才可以嘗試控制魔女之力，知道沒有？我怕出了什麼事情，其他人沒辦法協助妳。」

靈風莫可奈何的同意了君兒的瘋狂打算，同時也不禁佩服起君兒的逆向思考。相信她多少也知道魔女之力的可怕，卻還是願意這樣挑戰看看，或許這樣做真的存有轉機也說不定？

「那麼，現在就開始吧？把握時間！」

「欸欸欸，等妳完全康復，身體和精神完全休養至完美狀態再來談！」

君兒在病床上爬起身來，一臉躍躍欲試，卻被靈風強硬的按回病床上。

這讓君兒不滿的埋怨道：「靈風小氣鬼！時間可是很珍貴的你知不知道！」

「笨蛋！休息更重要，妳給我好好休息！」

被君兒頂撞的靈風，一氣之下直接施展了能夠幫助入眠的符文，讓沒有防備的君兒在面露愕然之後，「咚」的一聲倒回病床上，繼續她的漫漫休養。

靈風氣惱的撓亂了瀏海，卻是欣慰與開懷的笑了出聲。

「加油吧笨蛋，我相信妳有這般堅定的信心，那麼妳所期許的未來一定會實現的。」

他看向了戰艦窗外，因為戰艦歸返新界奇蹟星，碎石帶已經變成遠方一條水平的銀白長帶。

「相信我的願望也是……」望著碎石帶的某個區域，靈風神情哀傷的說著。

Chapter 105

一個結束，新的開始

時光飛逝，昔日君兒和卡爾斯約定好的兩年時間終於到來。

眼看就要別離，紫羽接連幾日都抱著枕頭棉被跑來跟君兒擠一間房，為的就是希望能在君兒離開前多相處一段時間。儘管卡爾斯對此有些吃味，卻對紫羽的行徑睜一隻眼閉一隻眼，大度的任憑她丟下自個去陪伴好友。

「君兒一定很期待跟鬼先生重逢吧？」紫羽語帶失落，顯然因為君兒即將離開星盜團而有些消沉。只是一想到君兒熬過了這艱難的兩年，終於能與一直思念著的鬼先生見面，不禁又替君兒感到喜悅。

「嗯啊，不曉得鬼先生看到我的成長會不會很驚喜呢？」君兒兩手捧著臉頰，笑得很是期待。

這兩年時間可以說是過得十分漫長，但仔細回想卻又感覺時間流逝的很快。鬼先生與自己別離時的背影她還記憶猶新，沒想到竟已到達和他約定好重逢的時間點了，這讓君兒既是期盼，同時又懷抱著些許忐忑。

這段時間她和戰天穹可以說是完全沒有聯絡，全憑心裡的思念維持著過往的愛慕。她也曾害怕時間會沖淡她對鬼先生的感覺，只是沒想到感情卻因此變得更加深刻，就好像扎根茁壯成長的大樹一樣，分離的時間越久，她便越明白自己對這男人的感情……

「紫羽會覺得我傻嗎？愛上對我嚴肅又寡言不多話的鬼先生。」君兒好奇的詢問紫羽。她先前和紫羽坦承了自己的感情，讓一直以為她不明瞭鬼先生感情的紫羽很是驚訝。

「傻嗎？」紫羽溫柔一笑，因為君兒的發問而忍不住想起了她心裡的那個人。

「不過我想，這就是愛情最讓人猜不透的地方吧？妳和我都一樣，我們其實都不知道究竟何時讓那個人進駐了自己的內心角落，然後任由愛情的種子茁壯成長……然後等回過神來時，那個人已經在自己心裡占有了一個非常重要的位置。」

從這句話可以聽得出來紫羽在這兩年間的成長，她跟在卡爾斯身邊磨礪不少，心性也變得比過去堅強。但難得可貴的，是她在卡爾斯的寵愛之下以及星盜團這殘酷暴力的環境裡頭，沒有失去過去擁有的天真，而是多了一份自歷練中誕生的成熟。

兩人彼此沉浸在各自的思考中沉默不語，最後還是由君兒打破了這樣的沉默。

「好久沒跟紫羽這樣談心事了。」君兒邊笑著，邊伸手環住了紫羽的手臂，將頭親暱的靠在她的肩頭。就像過去一樣，她們曾經是身處這個陌生星盜團中彼此的依靠，只是如今紫羽已經另有人守護，而她也有自己的道路要前行，所以已有一段時間沒這樣相處過了。

「對啊，可惜以後沒幾次這樣的機會了……君兒我好捨不得妳。」紫羽雖然微笑，卻是感性的眼眶泛淚。「君兒不可以忘了我喔！要記得妳身後有一個傻傻笨笨的朋友會永遠為妳送上祝福……」

紫羽哭了，想著即將到來的分離，她覺得有些茫然無措。

過去因為有君兒，所以她還有可以分享心事的朋友，可若君兒離開，從今以後她真的得堅強起來了，哪怕還有卡爾斯在身邊，但伴侶和知心朋友總是有所區別的。

受到紫羽的影響，君兒也忍不住想哭，只是她倔強的忍著淚，張手和紫羽緊緊擁抱。

「紫羽，加油！希望我可以成為妳在失落時，只要想起就能再次勇敢的星星。」

「君兒一直都是我心裡永遠不滅的星星，我也會等君兒在未來綻放光采的那一天。」

兩個如今成年的女孩兒彼此談著各自的過去到未來，回想過去一同在皇甫世家的經歷，談論對未來的盼望……

＊＊＊

隔日，君兒精神奕奕的來到了靈風的植栽室，沒有因為即將結束和卡爾斯兩年的約定而對修煉有所懈怠。

「笨蛋哥哥，早啊！」她對著一早就在藥劑調配檯前忙碌的靈風打著招呼，惹來後者不滿的輕哼。

「妳今天又提早了十分鐘打擾我休息，罰妳今天幫我洗藥劑試管。」

靈風聲音帶笑的說出了君兒提早到來的「懲罰」，惹得君兒大翻白眼。

「連提早到都要受罰，靈風這兩年根本沒變。不跟你計較，幫你洗就洗嘛！」君兒自動自發的來到藥劑調配檯附近的洗手檯，認命的進行靈風交代的任務。

兩人之間陷入一片沉默，君兒有些不知道該怎麼跟這位亦師亦兄般的男性告別。

自從那次他們在碎石帶遭遇了靜刃的攻擊以後，君兒便決定要開始掌握魔女之力，靈風也很配合的守護在她身邊協助她；而平常除鍛鍊以外的時間，靈風就像一個愛逗弄妹子的傻哥哥一樣，戲弄君兒或者是陪著君兒聊一些他在星盜團裡的經歷與往事。

他們幾乎是除各自的休息時間以外，都是朝夕相處著。

卡爾斯一開始決定讓靈風指導君兒，其實也會擔心君兒和別的男性相處後會遺忘了戰天穹，轉而愛上靈風。但最後他還是放心了，因為他在這兩人之間，感覺到了另一種比血親更加親近的關係——一種名為兄妹之情的情感聯繫著這本來陌生的兩人。

「欸，笨蛋妹妹。」靈風忽然開口了，他已將手邊的器材收拾完畢。

直到靈風開口呼喚，君兒這才注意到原來靈風並不是在調配藥劑，而是在收拾整理這些器具。這才讓她想起了在她離開時，靈風也會暫時向星盜團請假，回到族裡去休養一段時間的這件事。

君兒想說些什麼，但看著靈風略帶蒼白的臉色以後，選擇沉默了。

她很清楚靈風蒼白的臉色從何而來，那是因為契約使然，使得他消耗自己的靈魂力量來治療她靈魂傷勢的結果。這點從靈風近期在鍛鍊她的時候，比起過去更容易疲倦可以看得出來。

看著君兒臉上顯而易見的愧疚，靈風只是微笑。

「別忘了給鬼大人一個驚喜。」

他提起了另外一件事，讓君兒在閃神片刻後，臉蛋染上了紅暈。

「嗯！相信我會讓他很驚喜的。」君兒有些羞澀的笑著，眼裡有著某種做出選擇的堅定。

靈風洗淨了雙手，然後習慣的將手搭上了君兒腦袋，輕鬆自然的揉亂了君兒那頭柔順漆黑的長髮。他被凌亂瀏海遮掩於其後的眼，寫滿了溫柔與驕傲。

「加油啊笨蛋妹妹，妳不用擔心我的情況，我們精靈族好歹也是萬年傳承的族群，族中記載繁多，或許有可以協助我復原的方法也不一定。只是妳啊要繼續加油，不要輸給魔女的力量，知道沒？」

「我只是擔心，靈風回族裡要面對我母親……」想到那位身處靈風族群的另一位魔女，君兒在唸出「母親」這個稱呼時，顯得有些冷漠。

對於那位未曾見過面的「母親」，她懷念過去夢中她對自己的慈愛與溫柔，卻又不滿她對靈風與靜刃的殘酷。這讓她有些不知道該如何面對這位存在。

感覺到君兒在提起那稱呼時的疏離感，靈風沒有多說什麼。他知道這並不是他所能插手的事。

「不提這個了，癩皮小貓應該幫妳選了幾個距離戰族較近的飛行點，妳想好要在哪裡下戰艦了嗎？」

靈風轉移了話題，扯著君兒來到休息區，自顧自的使用光腦系統叫出了世界大地圖來，同時再使用紫羽給的資料標示出了戰族的位置，以及其他幾個飛行點的紅點。

不過由於他們是星盜，可不能明目張膽的降落在一些官方或公開的飛行點，所以大多是選在比較偏僻的飛行點，而這些地方多少都與戰族有段距離。

君兒想也沒想的，選了一個距離戰族不遠不近，處於中間距離的紅點標示。

「我是打算在這裡下戰艦，一路上可以走走看看新界的風光，而在前往戰族的路線上也有一些原始叢林，我想要去裡頭試試身手，順便檢視一下自己在星盜團裡學到的東西——」

君兒侃侃而談，哪怕離開了星盜團，她對自己的修煉規劃還是沒落下，這讓靈風有些無奈。

「我預計花上一個月的時間才會抵達戰族，或許那個時候鬼先生也醒來了吧……」君兒想到了卡爾斯先前提到自我封印了一段時間，至今仍在沉睡的鬼先生，臉上浮現了擔憂。

他還好嗎？是不是和噬魂又起衝突了？

君兒雖然迫不及待的想要與之相見，但因為她這一次決定要做出一個重要選擇，所以心裡其實很是害羞以及忐忑不安的。

還記得她曾對自己許諾，這段分離的時間要讓鬼先生做好接受感情的心理準備。但無論他最後的決定如何，現在的她決定要邁步親自朝他走去。

想起自己年幼時對鬼先生許下的驚人誓言，君兒覺得很是害臊，但也更堅定了她要主動朝他走去的意志。

對感情異常脆弱的鬼先生，這一次她會親口告訴他，自己那一直沒說出口的珍貴情感……

靈風看著君兒陷入自個的思緒，忍不住輕咳了聲。

「以後，那位鬼大人就是我的妹夫了，那他不就要喊我一聲『大舅哥』了嗎？唔呼呼，這樣就比老大還高一個輩分了，嘿嘿——」

「你少來。」君兒笑瞪了靈風一眼。

讓靈風這樣一鬧，原本就要分離的哀傷氣氛也因此淡了許多。

「鵬程萬里啊笨蛋妹妹，希望下一次見到妳的時候，妳已經將那位冷冰冰的鬼大人收為囊中物了。」

「靈風在胡說什麼啦！」君兒被靈風戲謔的語詞鬧得漲紅了小臉，羞憤的握起拳頭就往靈風身上打。

「哎唷，暴力女！我看也只有鬼大人能吃得下妳的拳頭了啦！」

「靈風你再說我就——」

植栽室裡傳來兩人打鬧的聲音，時不時的可以聽見靈風出言調侃君兒，惹得君兒羞憤惱火的喊聲。

兩人再也不提分別的事情，因為他們知道彼此還會在未來相見。

＊＊＊

數日後，一艘通體黝黑的戰艦緩緩的在新界一處偏僻的飛行點降落。

當戰艦側方的艙口打開，卻僅有幾人走出。

君兒提著簡易的行囊走在前頭，身後送別的幾人神情大不同。
紫羽面帶不捨，靈風臉色輕鬆，卡爾斯則是神情嚴肅。
「君兒，妳要保重喔！」紫羽語帶哭音的緊緊握著君兒的雙手，不想放開這段時間給了她無數支持與鼓勵的手。
「我知道，紫羽妳也是。」君兒溫柔的掙開了紫羽緊抓的手，將她的手放到了守在一旁的卡爾斯手上。
她望著兩年如一日，容貌未曾改變過的卡爾斯。儘管眼前這男人模樣秀氣還長著一張娃娃臉，更是位令人聞風喪膽的星盜，但卻是個值得交付紫羽一生的好男人。
「老大，紫羽就交給你了。」
卡爾斯輕輕點頭，同時伸手拍了拍君兒的肩。
「君兒，以後如果出了什麼事情，別忘了還有老大給妳靠。至於皇甫世家妳也不用擔心，我讓小羽毛查過了，他們那裡已經沒有妳們這幾位原界大小姐的資料，只是要防範有一些以前曾在皇甫世家待過的、可能知道妳特徵的人即可。另外，將小羽毛幫妳重新製作的身分卡收好。還有，我也聽靈風講了，祝福妳這一次能夠讓那悶騷鬼敞開心扉面對自己的感情，有好消息別忘了要記得通知老大我。」
卡爾斯臉上的嚴肅消失，取而代之的則是一抹輕鬆愉快卻又懷抱著遺憾可惜的表情。
「可惜，沒能看見那頭惡鬼聽到妳答案時臉上的表情啊！嘖，一定很經典！」

「老大你少無聊了。」靈風語帶戲謔的說道，同時走到了君兒身前，最後一次的探手拍了拍她的腦袋瓜子。

「這條路上以妳的實力是沒什麼危險，只是這個世界最危險的並非那些林間野獸，而是人心，要小心，知道嗎?若是感知到星界級強者，記得要小心迴避，別讓人發現妳眼睛裡的星星。」靈風慎重的交代著，就怕君兒被人發現眼底星點，讓人聯想到她的魔女身分。哪怕魔女謠言一事已過了兩年，但有些有心人士還是暗中在尋找著傳言中的魔女。

「我會小心的。我現在的精神力已經能夠感知到那些等級的強者存在，如果可以，我會盡量迴避他們的。而且在抵達戰族前，我也不想帶著一票麻煩去找鬼先生。」

卡爾斯三人各自又和君兒交代了一些提醒，最後每個人都上前給了她一個擁抱。

「笨蛋妹妹，堅定妳心裡的光輝，相信妳能實現妳所期許的未來。」靈風在擁抱時說出了自己的祝福，隨後將位置讓給了卡爾斯。

卡爾斯瀟灑一笑，象徵性的抱了抱君兒，同時說：「變得更強吧!別忘了妳在星盜團裡學到的。」

最後，紫羽走上前，鼻頭因為方才哭泣而有些泛紅，但她卻揚起了笑，說：「君兒，要幸福喔!」

收到了大家的祝福，君兒感動不已，忍住眼眶就要落下的淚。最後，她離開了戰艦，踏上了新界的地面。

當那艘黑色的戰艦起飛時，揚起了狂風，吹亂了君兒的一頭黑髮。

她看著在窗戶後方朝自己揮著手的紫羽，微笑之餘還做了個鬼臉的靈風，卡爾斯正對著自己豎起大拇指。直到黑色的戰艦沒入天空的雪白雲層消失無蹤以後，君兒才悄悄的抹去自己眼角不經意滑落的眼淚。

她果斷的轉身，翻出了隨身光腦，叫出了紫羽先一步幫她設定好路線的地圖，朝指示的路線踏上了前往戰族的旅行。

「鬼先生，我依約定來了。」

君兒握緊雙拳，懷抱著對新世界的好奇與探索，邁開了她前往下一階段的步伐。

Chapter 106

扭轉敵意的信念證明

在前往戰族的旅途上，君兒看見了各式各樣過去她僅能在圖鑑上看見的絕色風景。與科技感較重的原界不同，新界更多的是與環境融為一體的建築和不同風格的文明特色。在這裡生活的每個人臉上都洋溢著活力與精神，讓人能感覺到新世界不一樣的生機。

君兒偶爾會搭乘符文科技驅動的交通工具前往下一個地點，偶爾會體驗當地不同的風土民情，搭乘著被馴服的魔獸托車悠閒的朝下個目標前進。

這一個月的短暫旅程，讓她的身心靈都有了被淨化昇華的感受。

這讓她明白，原來世界這麼大，而且有那麼多有趣好玩的事情、美麗開闊的風景。這讓她留念，也更加深了不願意就這樣放棄生命的意志。

當然，這段旅途並非一帆風順，還是有不少心懷惡意的人們見她一個女孩子隻身旅行，會假借好心的邀她一塊同行，實則打著不良主意。

只是以君兒的聰慧，又如何看不出這些人的壞心眼呢？

或許是星盜時期受到靈風指導以及其行事作風的影響，君兒也練就了一身笑裡藏刀的隱忍功夫，並在對方鬆懈防備時給予雷霆一擊！

這一路上，她倒是打倒不少對隻身女子心懷不軌的惡徒，連帶也換了不少賞金。同時也讓這段旅途多了幾分樂趣——有沙包可以練手，有賞金可以賺外快，何樂而不為呢？

這天，君兒選擇了搭乘平民百姓馴服的野獸拖曳的貨車，前往她的最終目的地——戰族。並非沒有快捷的交通工具，只是她希望能多看看一些戰族外的風景。

「呵呵，小姑娘，去戰族是要去做生意、找人，還是上門踢館呢？」

貨車主人是一位中年男性，老實親切的態度也是讓君兒選擇搭乘他貨車的主因。

聽貨車主人這樣問，君兒不由得有些發愣。

「……上門踢館？」她愕然的重複了這句話。

「啊，看樣子小姑娘不是去戰族做生意就是去找人吧？」貨車主人笑了笑，解釋道：「通常去戰族不是做生意，就是上門去挑戰切磋。我看小姑娘身手俐落，實力也不錯，所以才會這樣問的。」

君兒揚起一抹自信神采，卻是神秘的閉嘴不言。這讓貨車主人一挑眉，諒解的沒有追問下去。

「先生可以跟我多說一些關於戰族的事情嗎？」君兒想知道戰族的更多事情，一路以來她聽了許多，但還是忍不住會想了解更多鬼先生家族的事情。

「戰族啊，說到戰族，不曉得小姑娘知不知道戰族守護神的故事呢？」貨車主人暢快一笑，聽君兒提起了他最拿手的話題，開始侃侃而談了起來。

只是他提的是君兒一路上聽過無數次的消息——戰族有一位人類守護神的存在，以及那位被人們賦予稱號「戰神龍帝」之人的功績偉業等等。君兒聽了無數次，對於這位「戰神龍帝」也同樣存有好奇。

「不過啊，說到戰族，或許其他人並不知道，只有我們這些經常往來戰族的商人，才知道戰族還有另一位隱於幕後的守護者唷！」

貨車主人神秘兮兮的說：「只是戰族極少提及那位大人的存在。我唯一知道的，是那位大人被戰族人尊稱『鬼』一字，人稱『戰族的鬼大人』。聽說那位鬼大人前幾年回到了戰族，之後又不知去了什麼地方，但光是他回來的那幾天，跟戰族人交易都有打折扣呢！真希望那位鬼大人再多回來個幾次，那次我光是一天的淨賺，就足足抵上一個月的獲利呢！」

君兒一聽，不禁有些失望。「……是嗎？原來鬼先生還沒醒來……」

貨車主人沒聽見君兒的喃喃自語，自顧自的說起了戰族的一些趣聞，並介紹起了一些戰族的特色。

很快的，一座古樸、風格沉穩的大城出現在君兒的視野之中。

她優良的視力讓她在第一時間就看清了城口那飛揚紅旗上書寫著一個大字——一枚蒼勁有力的「戰」字。

看著那眼熟的字跡，君兒心一跳，有些激動了起來。

過去兩年在戰天穹的指導下，她多少也對那人的字跡有了深刻印象。

哪怕那個人此時不在族中，君兒光是看著那面戰字旗，便感覺自己距離鬼先生又更近了一些。

「戰族到了！」

貨車主人喊道，君兒聞言便輕盈的跳下了貨車，付清了車資。

她站在人來人往的戰族城門前，默默的觀察著這座雄偉的大城市。一路走來她經過幾個都城，卻都沒有戰族這般沉穩扎實的氣勢。

根據貨車主人先前的指示，君兒踏上了戰族大城通往內城的其中一條道路。一路上攤販的吆喝聲與叫賣聲此起彼落，沉穩大城充斥著活力；而隨著她的腳步越接近內城，攤販被深灰的牆面取代，叫賣吆喝聲也轉為自牆後傳來的修煉對戰的打鬥聲響與喝斥聲。

戰族人尚武風氣一如傳聞，讓君兒忍不住有些躍躍欲試。只是除了想見鬼先生以外，希望能早點拜祭爺爺的念頭驅使她繼續向前。

內城是不少戰族人的居處地，見她一位陌生女孩走來，很快便有人上前制止她的前進。

「抱歉，來戰族內城有什麼事情嗎？」

對方的赤髮赤眼讓君兒感覺親切。

「你好，我是來見一個人的。」

「唔，有信件或者是其他東西能證明妳是來找誰的嗎？」

赤髮赤眼的戰族人詢問起了信物，君兒這才想起，鬼先生跟她分離時根本沒留下什麼物件表示他們存有約定，一時之間面露尷尬了起來。

「呃……沒有。不過我是來找鬼先生的，我之前和他約定好兩年後要來戰族找他。」

「……妳是說，鬼大人？」對方一愣，原本冷淡看著君兒的眼神多了幾分訝異。戰族人想起了族長先前的交代，很快就猜想到了君兒的來意。

或許是因為君兒和戰天穹的關聯，讓戰族人原先冷漠的態度好上了幾分。

「我帶妳去見族長，鬼大人現在還沒回族。」

君兒點頭表示了解，隨後跟上了那位戰族人的腳步。

在戰族人親口確認了戰天穹還未歸族，讓君兒在鬆了口氣的同時又有著失落。

穿過一道道門坊、越過一條條街道，君兒被戰族人帶到一棟頗具古風的紅漆屋頂建築前。

「通報族長，那位和鬼大人約定兩年的姑娘來了。」戰族人將君兒帶到此處，交代了守門的族人以後便告別離開。

君兒有些忐忑的站在門邊，心裡很是緊張。

不僅僅是因為即將要與聽說是爺爺弟弟的戰族族長見面，也是因為她的精神力感知到在她靠近戰族主屋之後，有無數位強者的關注不約而同的落到了她身上。

那些強者的實力幾乎與卡爾斯和靈風不分上下——也就是說，這些戰族隱藏的強者都有能夠看見她眼中星星的「星界級」實力！

戰族，果然不負戰者一族的稱呼，裡頭暗藏著強者無數……

「族長、龍大人，抱歉打擾了。那位與鬼大人有約定的女孩來了。」

族人恭敬的立於門外傳遞著訊息，讓正在和人討論家族近況的戰無情一臉驚喜的高聲喊道：「那女孩來了嗎？快快讓她進來！」

只是相對於戰無情的驚喜莫名，另一位原先聽著他回報近況、久久歸族一次的戰龍，卻因此冷下了一張臉。

「啊，龍大人抱歉……我先和您回報好家族的事情以後再去見那位女孩好了。」察覺這位家族守護神遽然冷下的臉龐，戰無情雖然奇怪一向性格大剌剌的龍大人為何突然變臉，卻以為是他不滿自己未完成原先交代家族近況的工作。

戰龍冷哼了聲，說道：「帶那位女孩來見我。哼，我要看她究竟有哪一點能讓爹重視！」

戰龍語中毫不掩飾的敵意，讓戰無情為之一愣。他雖然不解，但還是決定起身親迎君兒——那象徵他兄長延續的女孩兒，讓他願意放下一族之長的角色，以君兒爺爺輩分的角度去迎接歸來的「孫女兒」。

戰無情早就決定要收未曾謀面的君兒作乾孫女兒，相信兄長知道的話，一定也會贊同他的作法。

原本寧靜的戰族大宅傳來了不少腳步的聲響，來者的實力讓本就渾身緊繃的君兒更是緊張了。

又有一位擁有星界級實力的強者！

只是當她定睛細看，領頭來人的容貌還有臉上的驚喜表情，卻讓她恍惚望見了過去那慈愛的爺爺。

中年人有一頭暗紅色的髮與眼，模樣竟神似於她已逝的爺爺。只是兩者氣質有所不同，爺爺更顯滄桑，臉上總是一副睿智慈祥；這名中年男子雖然較為年輕，卻給人一種嚴肅耿直、堅定威武的感覺。

對方那雙與爺爺同色的暗紅色眼眸，此刻寫滿驚喜與歡欣，深切的表示對她的歡迎。

這讓君兒忍不住泛紅了眼眶，下意識的放鬆了被無數強者關注的戒備。

「……爺爺。」她不自覺的喊出了那已有數年沒能喊出的稱呼，一直以來隱忍的悲傷讓她情緒潰堤的流下淚。

戰無情又驚又喜的來到了君兒眼前，對著哭得像淚人兒的她顯得有些手足無措。

「……妳便是淚君兒，對吧?我哥哥戰無意，哦，也是後來改名作淚無殤來信託付的那位乾孫女兒……欸，妳、妳別哭了，看得我也鼻酸了。回來就好，回來就好……」

一句「回來就好」，暖了君兒因為失去爺爺以及失去家的心靈上的空缺。

戰無情很快就調整了心情，自我介紹道：「我是戰無情，妳可以喊我一聲無情爺爺。嘿嘿，平白多了個乾孫女兒，感覺還挺不錯的。」

戰無情開懷的笑著，看著君兒的眼裡滿是欣慰與欣賞。

君兒抹去眼淚，因為自己的情緒失控而有些尷尬窘迫。

「我是淚君兒，依兩年前和鬼先生的約定前來戰族——」

「好了，在戰族無須外界那麼多繁瑣的規矩，把這裡當自己家就好了。先喊我一聲爺爺來聽聽？」戰無情打斷君兒那疏離有禮的招呼，直白又期盼的等著君兒喊出那一聲稱呼。

君兒一愣，卻是紅了臉兒，靦腆的喊出了一聲：「……無情爺爺。」

「好、好！」戰無情很是滿意，越看君兒越是喜愛。

眼前的女孩不同於戰族的女性，戰族女性給人的感覺像是一柄出鞘的利劍，而眼前的女孩卻給人一種內斂沉穩但不失堅定的感受。

那是心性上的堅強，經歷風雨後的強韌。

戰無情在她身上看見了自己兄長所擁有的特點，無形間表露的親近，讓君兒感受頗深。

只是一想到先前戰龍面對君兒的態度，戰無情忍不住有些無奈與不安。

「之後有時間我們再來談妳爺爺的故事，現在先跟我去見一位大人……君兒妳的運氣可以說是好，也是不好。我們戰族除鬼大人以外，還有另一位龍大人，而早先在妳抵達時，那位龍大人正巧在聽我匯報家族這段時間的經歷……妳先做好心理準備，那位龍大人不知為何，對妳有些心懷芥蒂。不過我相信有鬼大人的關係在，那位大人應該不會太過分才是。」

君兒有些訝異，最後慎重的點點頭，表示自己會小心應對。她表現出來的諒解懂事，讓戰無情暗自點頭。

不知何時，那些落在君兒身上的強者關注早就消失，而才剛重新與爺爺弟弟認親的君兒卻又

面臨了新的關卡——那位戰族出身的人類守護神！

他對自己的敵意，是否是因為知曉她擁有星星之眼，是為那傳言中的魔女而來的呢？

壓下了心中的不安，君兒勇敢的挺直胸膛。如果面對鬼先生的族人時她表現的懦弱無能，那她也沒那個資格成為他身邊的人了！

「龍大人，我把那女孩帶來了。」戰無情帶著君兒來到一扇房門前，恭敬的敲了敲門。

「進來。」裡頭傳出了一位男性冷漠粗啞的聲音。

可就當房門開啟，君兒的目光對上裡頭慵懶靠坐在太師椅上的男性時，對方赤眸裡的凜冽讓她心生警鈴！

下一秒，那可怕的敵意夾雜著可怕的力量重重朝她壓了下來，硬是讓君兒踉蹌了腳步，差點狼狽的跪倒在地！

只是她很警覺的在剎那間便恢復了戒備，硬是在那可怕的壓力底下挺直了腰背，不服輸的回以對方堅強的眼神。

「龍大人！」戰無情第一時間察覺到了戰龍試探君兒的意圖，頓時焦心的就想出言阻止。

「……魔女，就讓我看看妳有多大的能耐能讓我爹重視！」

戰龍絲毫不掩飾他的敵意，說出來的字詞卻讓戰無情一愣，這才注意到君兒傲氣堅強的黑眸中，閃動著魔女傳言中的星星光點……

君兒因為被突來的氣勢壓迫，根本沒能聽見戰龍語中的某個字詞。就像昔日被卡爾斯的領域壓迫一樣，她從來沒有倒下的意思！

很快的，她額上滑落了冷汗，緊咬著的下唇唇瓣被她咬出了血絲——

她可以理解對方因為自己是魔女而敵視她，但她不會因此認輸的！

這一次或許是對方要給她的下馬威，卻也是她向全戰族人證明自己意志的大好時機！

懷抱著這樣的意志，君兒硬是憑藉心中的信念站直了身子。

哪怕雙腳顫抖，呼吸困難，她眼裡的光采都未曾黯淡。

也因為她這樣的堅強，讓許多對她保持觀望態度的戰族人對她的好感正逐漸升值中。

他們戰族一向欣賞強者，無論是實力堅強者，抑或是心智堅定之人——眼前的女孩，擁有值得他們認同的能耐！

戰無情見君兒在戰龍的氣勢壓迫下還能夠站直腳跟，只能壓下想要協助她的意思，正好讓其他戰族人檢視一下她有多堅強。

就在君兒堅持了十分鐘以後，戰龍冷哼了聲，收回了試探君兒的氣勢。

當那猶如高山一樣壓在自己身上的氣勢消失，君兒只覺得鼻頭一濕，當頭便是一行豔紅滑落。

「妳，不錯！但就算我爹對妳格外重視，要得到我的認同也沒那麼簡單！戰族從不收留弱者，不過如果妳足夠堅強，戰族也不在乎庇護一位外界傳言會帶來災難的魔女！」

戰龍自太師椅上站起，面帶審視的看著君兒，但他原本對君兒懷抱著敵意的眼神如今多了幾分欣賞。

君兒黛眉緊蹙，面對這位一來就是試探的赤髮男性，說什麼也不可能對對方心存好感。只是對方話語中的某個稱呼，讓她覺得有些莫名其妙。

「……你爹是誰？」

戰龍一愣，忽然想到以戰天穹的性格，絕對不可能在外人面前承認他們的養父子關係，頓時面露頹喪。同時他也在思考，自己對一位不知他和戰天穹關係的外族女孩這樣表示敵意，是否太過激了些？

現在仔細想來，他只是因為自己的父親對一位陌生女孩表現了對他許久未曾表現的重視，而心生不滿罷了。真要說的話，跟個沒他年歲零頭大的小女孩計較這種事，還真是有些說不過去。

「我爹就是妳口中的鬼先生，不過以我爹那悶騷的個性，想來也不會跟妳講這件事。抱歉，我純粹是因為爹重視妳，多過於重視我這個兒子感覺不是很爽而已。這番試探雖然存有我的幾分私心，不過我總算知道我爹為何會重視妳這麼一個外族人了。」

戰龍坦白直率的說出了自己的感受，承認了自己這番所為是因為被自己父親忽略所滋生的不滿。

戰無情在一旁嘆氣搖頭，來到腳步蹣跚的君兒身旁攙扶住了她，同時語帶歉意的說道：「君兒，真是抱歉，龍大人就是這樣直來直往的性格，妳就別跟他計較了……」

君兒此時卻是一臉愕然震驚，僅因戰龍語中對戰天穹的稱呼——這讓她感覺有些混亂。

「等等，你說你是鬼先生的兒子？！所以，鬼先生原本就已有家室了嗎？」那她的感情該怎麼辦？

因為先前被戰龍的氣勢壓迫，受了內傷的君兒一時間腦袋有些轉不過來，忘了戰天穹曾表現出的寂寞，忘了卡爾斯說他已孤單千年的事實，思緒陷入一片混亂。

戰無情看著君兒鼻間滑落的鮮紅似乎沒有停止的意思，緊張得不得了。

「君娃兒妳還好吧？來人啊，快準備房間！唉，龍大人您這次太過分了！」事至如今，戰無情也顧不得「以下犯上」，譴責的瞪了戰龍一眼。

戰龍抬手無辜的撓著後腦勺，最後還是由他出手以強悍的星力為君兒平復他製造出來的暗傷。

看樣子自己還是下手太重了。戰龍撇了撇嘴，面色有了幾分尷尬。

而在戰龍的協助下，君兒體內因為他先前氣勢壓迫而鬱結的星力也終於恢復了運作。思緒逐漸平靜的她，施展了符文技巧為自己平定心情，而她這樣的舉止也讓其他人面露愕然。

沒想到除心性以外，她還擁有艱深難學的符文技巧，戰族人心中對君兒的評價似乎又高了幾分。

戰龍見君兒好多了，只是看著她略顯蒼白的神情，顯得有些無措。

「唔，反正丫頭妳不錯，今天好好休息吧。雖然我很欣賞妳的意志力，但要讓我也認同妳，可得拿出同等級的實力來才行。」說到最後，戰龍看著那被戰無情扶至一旁落坐休息的黑髮女孩，下意識的學著戰天穹過去對他的那樣，抬手拍了拍君兒的腦袋。

只是他的力道有些拿捏不當，拍得君兒頭暈目眩，惹來她不滿拍開了戰龍的「魔掌」。

「嘖嘖！真是個凶悍的丫頭……無情你就帶她去休息吧。對了，這丫頭叫什麼名字？」戰龍在欣賞之餘這才想起要詢問君兒的名字，不由得惹來其他族人的無奈搖頭。

「龍大人，她叫做君兒，淚君兒。」戰無情啼笑皆非的給出回答。

「哦，君兒，我記住妳了，要讓我認同妳就拿出妳的真本事來吧。喂，找個人來跟我繼續匯報家族的事情啊，別又說我都不關心族裡了，到時候爹醒來我不被他痛扁一頓才怪。」

戰龍放下敵意之後坦露了真性情，他又拍了拍君兒的腦袋以示好感，隨後又衝著其他族人追問先前的事情。

只是他這樣大剌剌的性格，讓君兒很是無奈氣惱。

來到戰族的第一天就受了傷，這是否預示著往後的不平靜？君兒在心裡嘆息著。

Chapter 107

逝者過往

因為第一日抵達戰族就受了傷，君兒只好在戰無情為她安排的房間裡頭休養了幾天。當然，這段時間她不忘暗中比較了一番昔日與靜刃對戰，以及親身面對守護神威壓的差異——顯而易見的是面對後者較為艱苦，但當時靜刃展露的殺機卻讓人不寒而慄。

這天，君兒和戰無情約好了要一同去祖祠拜祭她的爺爺，於是君兒便起了個大早，在天光微亮時便習慣性的在屋前的空地修煉了起來。

而戰無情一來便看見君兒認真的在反覆練習著符文凝武技巧，眼神浮現了欣賞。這段時間這位小姑娘不斷為其他族人帶來驚喜，尤其是她對自己的嚴格以及對修煉的堅定執著，更是讓不少族人暗中表示了讚賞。

「無情爺爺，早安。」

當戰無情踏入君兒所在的廣場，她很快就停止修煉，側頭向戰無情微笑說早安。

「早啊，呵呵，君娃兒一早就在修煉了？妳幾天前才受了暗傷，不好好休息嗎？」戰無情關切的問著，同時三步併作兩步的來到君兒身前，望著少女額上的汗水，想也沒想的抓起袖子就幫君兒擦拭。

他這樣沒有隔閡表示關切的舉動，讓君兒很是感動。

「爺爺，謝謝你的關心，我的傷早就好了。只是已經習慣一早就起床修煉，不活動一下筋骨反而不習慣。」

儘管君兒這樣說，戰無情還是一臉憂色，同時埋怨道：「唉，都是那粗心粗魯的龍大人……」

「欸，無情你幹嘛趁我不在的時候說我壞話，我耳朵可靈的哦！」

戰無情身後傳來了男性閒散且帶著玩笑語氣的回應，讓他頓時汗毛直豎，一臉尷尬的往聲音傳來處望去。

戰龍不知何時來到了君兒房間外的屋頂上半癱在那，嘴裡還咬著草根，悠閒的望著底下兩人。

對於這位憑著自己高人一等的強大實力，總愛神出鬼沒的戰族守護神，君兒對他可說是既無奈又很頭疼。

這位外頭傳言威武強悍的守護神，沒想到在家族裡頭活脫脫是個少根筋、性格大刺刺、外加無法無天且不守成規、不管族事還愛找族人練手的戰鬥狂，讓戰族長老們都頭疼不已的麻煩分子。

——這根本就是少根筋外加多了暴力基因的靈風嘛！

君兒望著掛在屋簷的某人，忍不住翻了翻白眼。

「欸，魔女妳身體好點沒？要不要今天我們來切磋切磋——」

戰龍見今天君兒氣色有了好轉，開口第一句話竟然是邀戰。當然，他更多的是好奇君兒「魔女」之名何來。

「不要一直喊我魔女，我可是有名字的！還有，你堂堂一位星域級人類守護神，跟我一個才銀河級的人邀戰，這樣根本是以大欺小吧？」

說要指點還可以，但君兒也不是沒看過這位守護神向其他族中後輩邀戰之後的成果——與其說指點，還不如說是海扁呢！當然，並非不是沒有成效，只是那實在太暴力了，跟鬼先生那種針對性的指導完全不是同一個等級的。

戰龍閒散的吐掉了嘴邊的草根，咧嘴一笑：「『人不要臉則天下無敵』，這句話聽過沒有？」

「你……！」君兒先是一愣，爾後頓時有種對牛彈琴，有理說不清的鬱悶感受。

雖然第一天她因為受了傷而對戰龍與鬼先生的關係有所誤會，也知道了戰龍其實只是鬼先生的養子，但為什麼是鬼先生一手帶大的，個性卻這麼的……脫線？

一旁的戰無情深深的嘆了一口氣，終於忍不住插話了。

「龍大人，今天我要帶君兒去拜祭我的兄長戰無意，您還是去找其他族人練練手吧？還是說，您也想要跟我們一同去拜祭先祖呢？」

戰無情邊說，邊加重了「拜祭先祖」這個字詞的語氣，頓時讓戰龍的臉色染上抗拒。

「少來！每年一次的家族祭典都快煩死我了，我才不要沒事去祠堂拜祖先呢！」戰龍喊完這句話，便果斷的朝君兒屋頂另一頭躍了下去，顯然是不打算牽扯到祭拜這檔事情上。

戰無情又是一個嘆息，惹來君兒關愛的目光。

「龍大人就是這樣，唉！君兒妳先梳洗一下，等等我就帶妳去祠堂了。之後，我再告訴妳我兄長的故事……我也想聽妳說關於他離開戰族以後的生活過得如何……」

戰無情略顯哀傷的摸了摸君兒腦袋，便催促著君兒去梳洗更衣了。

很快的，戰無情便帶著梳洗完畢的君兒來到了族裡一座殿堂前面。

只是礙於君兒終究是名外族人，裡頭守衛祠堂的長老在和戰無情幾番爭執後，還是不願讓君兒踏足祖祠親手祭拜戰無意，就連戰無情拿出族長之職壓迫都不能讓那位白髮蒼蒼的長老退讓，這讓君兒顯得很是哀傷。

「無情爺爺沒關係的，我在外頭用手拜就好了……至少我知道爺爺已經回到族裡就好了。這一次來，只是要告訴他我過得很好而已。」君兒最後制止了戰無情的舉動，決定不再強求更多。

「可是，妳都好不容易來到這裡了……」戰無情看著少女哀傷的表情，不捨她那失落憂愁的模樣。

「這樣就好了。」君兒搖搖頭，勉強擠出了一抹微笑。

隨後她就這樣雙手合十，站立在守祠長老所能允許的最近範圍，看著那不能進入的祠堂，眼眶含淚的望著裡頭其中一個靈位。

她默默的在心中低語著那些想要跟爺爺說的話，在祠堂前佇立了許久許久……

看著這一幕，戰無情頓時有種誤以為戰天穹就在眼前的錯覺。

他們戰族尊崇的那位鬼大人，不也是用這樣懷抱著期待，卻又無所適從的態度，站在祠堂外頭拜祭自己的血親嗎？

「唉……」戰無情發出自己近日來不知道第幾個嘆息，見君兒又跪地行了幾個祭拜禮，便上前拉起了鼻頭泛紅卻強忍著眼淚的她。

「走吧，以後會有機會讓妳親自踏入祠堂祭拜妳爺爺的。」

「嗯。」君兒固執的沒有落淚，卻是三步一回頭的望著那逐漸在視野中縮小的祠堂，哀傷的神情逐漸轉為平靜。

她忽然想起了鬼先生，據無情爺爺的描述，似乎鬼先生一直都不承認自己在族中的地位，那麼他是否也和她一樣，默默的佇立祠堂前不肯入內呢？

「不曉得鬼先生哪時候才會回來。」她喃喃自語道。

「或許幾天，或許幾個月吧？不過既然龍大人都回來了，表示鬼大人大概就會在近期回族裡了……」戰無情給出了大略的答案，但看著君兒臉上不同於先前哀傷，而是為某人擔憂的神情，忍不住開口試探道：「君娃兒很擔心鬼大人嗎？」

君兒臉一紅，卻是輕輕點頭。

「鬼先生給了我很多機會，幫了我很多的忙，他是我很重要的人。」

戰無情看著君兒微紅的雙頰卻又溫柔的臉，心裡多少猜出了答案。

「鬼大人也是族人心中最重要的存在，大家都希望他能夠放下自責、不再愧疚，然後能夠得到幸福……」

君兒忍不住問道：「鬼先生到底是做了什麼事，讓他自責到今日還不能原諒自己？」

戰無情只是苦澀的笑著，「這件事還是由鬼大人親口對妳說吧。只要給他時間，相信他會告訴妳的。」

兩人不再言語。

戰無情帶著君兒走至內城一處偏僻的所在，人煙較少，可以見得此處已有一段時日沒有人來往。

兩人最終來到了一座略顯殘破的宅院，生滿青苔的石板道上，一棵大樹頂破了鋪地的綠磚，蜿蜒入天，茂盛的樹冠在地上投出一片陰涼。

裡頭的宅院似乎有人打掃過，卻不見有人生活於此的痕跡。

宅院一角的假山上，刻著「戰者本無意，葬劍淚無殤」十個大字，斯文飄逸的字跡，眼熟的讓君兒看得有些眼酸。假山的大字底下，一把鏽蝕的斷劍倒插，言訴著某種難言的哀傷。

「淚無殤」是君兒爺爺的名字，一直以來他都是用這名字對外自稱，也為君兒取了「淚」這個姓氏。只是眼前假山上的幾個大字，卻傳達刻寫者在刻下這段話時，那深濃的葬劍之傷。

戰無情聲音低啞的說起了那段過去……

「昔日，我的兄長戰無意是位文武雙全，讓族人欣賞、讓我這個弟弟崇拜的存在。他性格大度灑脫、交友廣闊，甚至還得到鬼大人的讚賞與親身指點。因為他的天分卓越，據說還有可能成為戰族下一位出戰龍族的守護神……」

「但自古英雄難過美人關，兄長在一次外出試煉時，認識了一位令他心儀的女子，兩人互訴真情，然而卻沒想到——對方是我們戰族一直敵對的家族，慕容世家的大小姐！」

提到慕容世家，戰無情的臉色顯得有些陰鬱。

「後來才知道，慕容世家其實是希望藉由那位大小姐，和有機會成為下一任戰族族長的無意兄長和親，來建立兩族聯姻同盟的關係。兄長知道對方是刻意接近自己後非常生氣，不滿自己的感情被利用，便果斷的捨棄了這段感情。」

「只是雖說是捨棄，有好幾次我還是偷偷在兄長的房間裡看見對方女子的畫像……我知道他還是思念著那深深傷害他的慕容大小姐。」

「然後某一日，兄長接到了一封那位大小姐侍女偷偷寄來的信件，據說是那位大小姐因為思念兄長成疾，不久後就要病逝，希望兄長能去見她最後一面等等諸如此類的懇求字句。重情重義的兄長最後應約而去。但當他過幾日再回族時，卻神情悲憤的在自宅假山上刻下了這幾個字，親手斷了他的愛劍，許諾永不提劍的誓言以後，便從此失蹤了三十多年——直到我們幾年前接到了他的來信，才終於找到他的下落……」

戰無情講述的內容其實並不詳盡，但卻讓君兒聯想到了很多很多。自幼跟在爺爺身邊的她，自然知道爺爺曾經有位久病纏身的妻子，兩夫妻在原界過著貧困但是平凡的日子……如果沒意外的話，那位早在他之前過世的奶奶，應該便是那位慕容大小姐了？

兩人礙於彼此雙方的家族是為敵對，因為種種的誤會分開，最後兩人各自捨下一切，拋開繁華、捨棄實力，遠走他鄉只為攜手共度晚年……

「兄長失蹤了以後家族亂了好一陣子，畢竟第一順位的繼承人不見了，後續有太多需要處理的事情。當時族裡年輕一輩中，就以我的實力最強，但我清楚自己衝動的個性並不適合擔當一族之長，可大多數的長老全都希望我接下兄長的職責……最後還是由鬼大人出面鼓勵我，才讓我接下了族長之位。」

戰無情苦笑，他望著那假山上的字，回想起了很多很多往事。

「君娃兒，妳爺爺他……過得好嗎？有提到我或者是戰族的事情嗎？」最後，戰無情問起了君兒，希望能聽到更多關於戰無意離族之後的事情。

君兒將她所知的全盤說出，包括爺爺有娶了一位病弱的妻子一事，兩人生活貧苦但是平淡且幸福，還有爺爺曾提過他很崇拜家族裡的什麼人、有一位弟弟等等很多的事。

那一天，他們在那座假山前，分享著曾經出現在他們生命中擔當過重要角色之人的記憶。

哪怕逝者已逝，但那人的身影將永遠不會被忘記……

Chapter 108

黑暗是爲了襯托光明而存在

『……喂，你到底做出決定了沒有？』噬魂有些不耐煩的衝著在他對面閉目沉思的男人喊道。

『我都分享那麼多事情了，時間也過了那麼久了，你到底是下定決心了沒有？』

比起戰天穹的沉穩，噬魂顯得很是躁動。他似乎在焦急於時間的流逝，不經意的表露了不安。

「你在著急什麼？」戰天穹淡漠的問著。他正在默默的消化噬魂這段時間跟他講述的，屬於他黑暗面對他生平一切經歷的解釋與思考，靜靜的感受那自己未曾面對過的黑暗，同時試圖去接納與了解那一面的自己。

這段自我封印的時間，外界不知道過去了多久，在這裡只有他與黑暗面噬魂的心海深處，時間是沒有任何意義的。

他只知道自己在這段時間裡，深深的被自己黑暗面講述的許多被他刻意忽略遺忘的內幕，打破了許多自己自以為是的認知。

『我在著急君兒的事情，唉，不曉得現在能不能說了？沒辦法感知外界，我不曉得現在的情況如何。』

「君兒怎麼了嗎？」提起那位心裡牽掛著人兒，戰天穹皺起了眉，嚴肅的眼掃向了那一臉焦慮的噬魂。

噬魂煩躁的耙了耙頭髮，身影卻是朝戰天穹靠了過來。只是當他想碰觸身為光明面的戰天穹時，對方遽然冷下的眼讓噬魂撇了撇嘴，默默的收回了手。

「我說過了，雖然我接受你的存在，但不代表我已經決定要和你融合為一。」戰天穹平靜說道，卻讓噬魂大嘆了口氣。

『好啦好啦！反正你能接受我就是很大的進步了，可是你還是得早點下定決心才行——君兒的時間已經不多了。』

噬魂說到這，眼神緊張的環顧了一下四周，小聲說道：『我只是希望我們能早一步比「他」更早甦醒，成為完整的靈魂，不然……我害怕我會再度被「那個人」控制住。』說到最後，噬魂的臉色染上了仇怨。

戰天穹一愣，隨後聯想到了噬魂曾給他看過的，關於牧辰星最後的結局——有一位白髮金眸的男性，持著當時墜飾噬魂化作的武器，親手血刃牧辰星的那段記憶。

「你是說……那被你稱作『白金魔神』的傢伙？」戰天穹眼神轉為冷冽，儘管他並沒有親身接觸過那位存在，但從噬魂的記憶和情緒裡頭，他可以深切的感受到對方對噬魂的冷酷以及噬魂對他的敵意。

『沒錯。因為我的「身軀」還有一部分遺落在外沒能跟你完全融合，所以只要他掌握了我那一部分的軀體，就有可能再一次重新掌控住我。』噬魂面色憤慨的說道。他對於自己並非真實的血肉之軀，而是隨時都有可能被人重新掌控的器物有些惱火。

他望向一臉嚴肅的戰天穹，神情也染上了相同的嚴肅。

『更別提我現在找到你這位靈魂本體了，我可無法保證，那個瘋狂的傢伙會不會將你我重新煉製成另一柄全新的武器，用來制止君兒覺醒為終焉魔女時親手終止君兒性命的武器……我害怕……我不想再一次染上愛人的鮮血……』

噬魂說出了自己的恐懼，然後像個受了傷的孩子一樣，面露驚恐忐忑。

『你知道我為什麼會存在於新界，而在每一次甦醒時都會吞噬大量的血肉與靈魂嗎？就是因為那傢伙設定好，要我在壯大自己的同時儲存靈魂之力，為的就是為轉生後的君兒提供足夠的靈魂之力治療靈魂傷勢，但我也將成為全新、更強的用於制止魔女的武器……』

聽著噬魂這樣說，戰天穹眉頭一抽，卻很是自信的發言道：「你曾提過拯救君兒有兩個方案，一個是我們，一個是他。現在只是我們沒能合一發揮出靈魂最強大的力量，但我相信『白金魔神』也沒那個能力能夠控制我。」

『但許多年前他已經成為可以制定世界運行法則的存在，你還沒有觸摸到那個領域……遇上他，你有辦法一戰嗎？而且我現在是你的黑暗面，他甚至可以透過我來影響你，你的心足夠堅強了嗎？』噬魂反問道，語氣滿是對戰天穹的不信任。

戰天穹深深的看了噬魂一眼，說道：「為了君兒……我可以比那傢伙更瘋狂。」

像是感覺到戰天穹內心深處的想法，噬魂有些愕然的看著戰天穹，隨後放肆的笑了起來。

『哈哈，好！既然你都不怕了，那我這個影子又何必要害怕？呵呵，這一次，我不要再成為別人手中結束愛人性命的武器，我要親手拯救自己的所愛！這一世，我要看見她幸福的笑臉，而不是絕望遺憾的遺容！』
噬魂歡快的大笑，眼角卻滑落了淚。
『如果早一點遇到你就好了，這樣辰星就不用死了……』
看著眼前擁有與自己相同模樣的黑暗面懦弱的哭了，這一次戰天穹竟然不討厭，只是默默的感受噬魂心裡那為了君兒而堅強，卻因為辰星而懦弱的反差情緒，心裡很是感慨。
「但如果沒有你的『錯過』，就沒有今生我和君兒的『相遇』了……」
『這該死的宇宙、該死的命運——累世的傷，竟是只為換得一世的解脫嗎？混帳……』
「至少，我們還有機會逆轉君兒的命運。」戰天穹邊說，邊對噬魂伸出了手。他的神情平靜，有種做出決定的豁達。
『你幹嘛？你這是在同情我還是想安慰我？』噬魂就像個鬧彆扭的孩子一樣，下意識的表明了抗拒。
戰天穹看著那彷如刺蝟一般，渾身長滿利刺抗拒別人好意的噬魂，彷彿看見了幼年時期的自己……真要說的話，噬魂表現出來的性格與態度，就真的是他幼年時期那叛逆倔強的鏡射表現。只是如今經歷千年時間，歷練更深的他，卻看見了那過去的自己，在長滿利刺的同時，同樣渴望被認同、被包容的隱藏面。
那身上的刺，不僅僅刺傷了那渴望對自己表示關愛的人，也同樣刺傷了自己。
「……剛剛不是在說希望我能早日選擇跟你合一嗎？雖然你還有一部分留存在那『魔陣噬

魂』的遺跡裡頭，但我想……如果是為了君兒，我可以勉強接受和這一部分的你合一。」

噬魂原本抗拒的表情因為戰天穹的這段話，轉為愕然傻愣。

『你是說……？』他語帶顫音，有點不相信自己所聽到的。

「我想，接受黑暗面或許沒我想像的那麼糟糕。我在你身上看到了那被我遺忘、被我所抗拒的『自己』……我都忘了曾經的我也是這樣的對待世界，但心裡卻懷抱著渴望被外界、被我父親所接受的期望。但每當我揮開別人的手，我在傷了別人的同時自己也受了傷……那樣好累。」

「至少這一次，我想至少為了君兒，得先面對自己以前所不能面對的黑暗。我不想讓她覺得我很懦弱。」

『如果是君兒，我想她會接受全部的你的……無論是那個總愛佯裝堅強的你，還是那個不曾在別人面前表露脆弱的你……啊，我沒告訴過你，我曾經用了你的身體去見君兒的這件事吧？』噬魂先是語帶感慨的說，隨後忽然想起了昔日與君兒見面的事，有些尷尬的跟戰天穹提起了這件事。

戰天穹冷冷的瞥了他一眼，嘆道：「雖然當時並不確定，但也隱約猜到你有控制過我的身體，只是沒想到你去見了君兒而已。」

『君兒她有醒來，然後分得出你我的區別。可是你知道嗎？她不但沒有怪罪我控制你的身體，反而還給了我一個擁抱。她從一開始就能夠接受你的全部了，那為什麼你還不能接受自己的一切！』說到最後，噬魂顯得有些激動。

『我一直在等你面對黑暗，一直等，一直等！明明我就是你啊！為什麼要將我推開？為什麼要抗拒我的存在？難道，就因為承載了那些你所不想承認的黑暗，所以就要毀滅我、拋開我嗎？』

『所以當你憎恨我的時候，我給你更多的仇恨；當你想抹殺我的時候，我掠奪你的力量……而當你願意面對我的時候，我也願意協助你了解自己更多……』

噬魂像個孩子一樣，絲毫不在乎外界所說男人有淚不輕彈的傳統，有些執拗、有些彆扭的開始抹起眼淚來。

戰天穹看著正在哭泣的噬魂。那與自己擁有同樣容貌的黑暗面在哭泣，讓他彷彿看見了自己脆弱的一面……雖然覺得丟臉，但為什麼，自己的眼角同樣有些酸澀呢？

噬魂繼續說：『黑暗和光明是同等的存在。黑暗是為了襯托光明而存在，光明的存在是為了擁抱愛與溫暖……沒有了黑暗，光明就不存在……』

看著這樣的噬魂，戰天穹彷彿望見了過去那個渴望父愛卻又一直被父親揮開手的自己。如果當時的父親願意給自己一個擁抱的話，自己是不是就不會在後來犯下那樣的罪孽呢？

「我很抱歉……」

戰天穹言述著歉意，同時走上前，他望著那如同鏡子映照出的另一個自己，儘管一開始有些猶豫，最後他還是選擇了和那過去抗爭的黑暗面表示他的善意與接納。

就像和自己兄弟擁抱一樣，戰天穹給了另一個自己一個深深的擁抱。

『我所求的，不過就只是一個擁抱而已……』噬魂在驚訝過後面帶滿足，他最後露出天真的笑容，神情浮現了解脫之感。

然後在下一刻，噬魂的身影潰散成一團紅色幽火，幽火化為點滴紅芒，慢慢的沒入戰天穹的身體裡去。

『謝謝你的接受，往後，就由我來完善你靈魂的缺口，剩下的只是取回我們被遺跡封存的力量，然後幫助君兒超越魔女的宿命——你該醒了，君兒的時間不多了……有很多我不能說的，這部分在你接受了我的記憶之後，你會慢慢了解的……』

噬魂的聲音在這片一望無際的空間裡迴盪，隨後漸漸消失。與之同時，戰天穹感覺到那過去累積在心口一角的壓抑所在，彷彿得到了釋放一樣。那深沉的負面情感、令人感覺不滿的情緒，僅僅是因為他擁抱了噬魂而得到了昇華。

這樣的結局，簡單的有些讓人不敢置信。

然而，噬魂並非消失了，而是真正的成了戰天穹的一部分，只是完全的融合還需要一點時間，但這種靈魂碎片與本體完全融合的感覺，讓戰天穹感覺自己充滿了力量。

同時，戰天穹也真正的接手了噬魂的記憶與力量。可就在當他知道噬魂最近一直掛念的某件事以後，不由得臉色變得愕然鐵青。

難怪噬魂一直在緊張時間流逝，原因竟是君兒的「時間」只有二十年！

或者該說，君兒腹部上奇異的印記，那維持靈魂與身體契合度的「靈魂椿紋」，只能維持二十年的時限！

戰天穹原本因為靈魂圓滿而感覺輕鬆的心情，因為知曉了這件事以後，心情如墜冰窖。

「君兒……！」

他一想到在他自我封印前，君兒那時已經十六歲了，不曉得如今過了多久？憑著感覺，他大約知道外界的時間大約也過了一、兩年了……這不就表示君兒只剩下兩年左右的時間而已嗎？！

過去，他一直在猶豫自己的感情、藉口要等君兒長大，卻沒想到平白浪費了那麼多時間！

「我怎麼那麼傻……不行，我得醒來了！這個時候，君兒不曉得抵達家族了沒有……」

這一次，他決定不再懦弱——

逃避了那麼久，也該是他面對自己感情的時間了！

就是不知道，過了這麼久，君兒還記不記得昔日的那份約定……

與噬魂終於換得一份共識的戰天穹，在自我封印了兩年之後，終於再次睜開了眼。

Chapter 109

用冷漠隔絕的溫暖

這段時間戰龍一直待在族裡，平常沒事找族人練手以外，最多的時間就是在觀察君兒。表面上是好奇，但更深層的涵義，卻是他默默在感覺君兒體內某種深沉的可怕力量……他詢問過其他族人，但似乎只有他這位踏足「星域級」的存在，才能隱約感覺得出那纖細身體裡頭藏著的可怕力量。

這天，他又出現在君兒前往尋找戰無情的路上，自屋簷上探出頭來和君兒打了聲招呼。

「欸，魔女——」

聽到這喊聲，君兒不用抬頭就知道誰來了。

「守護神先生，可以麻煩您稱呼我的名字好嗎？」君兒沒好氣的回應道。

而戰龍就是欣賞君兒這樣不同於其他人總是對他恭恭敬敬、阿諛奉承的直率模樣，雖然難免會被人說是沒大沒小，但誰叫戰龍本身也是個不遵守規矩的叛逆分子？習慣了旁人對待他的尊敬與敬畏，他更喜歡別人將他當作一個普通人一樣的相處。

「今天有空沒有？跟我切磋一下吧。」

戰龍臉上毫不掩飾的好奇，讓君兒很清楚這男人純粹是好奇她的魔女之力。只是那份力量她答應過若是靈風或鬼先生不在場，她絕不輕易使用與練習控制的。

「守護神一向都這麼清閒嗎？」閒到可以天天來煩她？

也因為戰龍這位打破常規的「守護神」，徹底破壞了君兒以前對人類守護神所有的尊敬。僅因戰龍表現得實在太像個「人」了，或許該說，所有人都忽略了那些高高在上的人類守護神，其實還只是個人的這件事。

因為過度的崇拜、傳說，使得人將他們放到了遙不可及的所在。

儘管戰天穹也另有封號，但在君兒心中他是特別的，所以不能相提並論。

「守護神也是有假期可以偷懶偷閒的。」戰龍開朗的回應著，並沒有因為自己身負「守護神」之稱，而壓抑自己的喜好與性格。

「先不提這個了，妳要不要跟我切磋切磋？我真的很好奇『魔女』究竟擁有什麼樣的力量嘛！我很清楚哦，其實我感覺得出來妳體內有一份隱藏很深的力量……」戰龍望著君兒的眼神帶著審視的意味，似乎在琢磨些什麼。

原先他以為傳言只是傳言，但是在親身接觸君兒以後，哪怕她似乎還不能完全掌控，可那深藏靈魂深處的力量，卻讓他這位星域級強者都摸不著深淺。

君兒因為戰龍的說詞而微瞇起了眼，沒有人喜歡被人看穿，她也是。

「妳別誤會，畢竟若往後戰族要庇護妳，就表示戰族很有可能要與全世界為敵，所以我多了解一點被保護對象防患未然嘛。我可以理解妳能得到爹重視的主因，但前提是妳能控制好自己的力量，不會為戰族帶來災難或麻煩嘛！」戰龍提到這，臉上一向大剌剌的笑容也不由得轉為凝重。

儘管他並不怎麼關心家族瑣事，但不代表他會放任任何可能危害家族的危險存在。

「我不想聽妳口說白話，拿出妳能控制這份力量的證明給我看。」

明白戰龍是為戰族著想，君兒並不責怪他的直言不諱。只是對於她還沒辦法完全掌握魔女之力，戰龍的要求讓她有些猶豫。

戰龍見她遲疑，登時皺起了眉頭。「怎麼？難道妳還不能掌控那份力量嗎？」

君兒深吸了口氣，坦承道：「我確實還沒能夠完全掌握魔女的力量，但我有決心要戰勝那份力量，也相信自己一定辦得到，只是我需要時間。而且我不能在沒有鬼先生或另一位能壓制我魔女之力的人不在場的情況下，隨意施展這樣的力量。」

她的眼神堅定且清澈，誠實的解釋也讓戰龍稍微釋懷了些，只是他還是懷抱著某種戒備，畢竟這可是關係到他的家族安危。

「真是的，有我這位守護神在都不行？」

「不行。」君兒果斷的拒絕了。

她沒有忘記和靈風的約定，也沒有忘記在昔日練習，施展魔女力量時所帶來的情境……那份力量完全是純粹負面的力量，毀滅一切的意志是魔女之力的核心，她僅能控制並且使用那份力量極短時間，時間拖長就有可能失去控制。

靈風能依靠他們締結的契約將她的魔女之力強迫壓制住，而鬼先生在她精神空間裡也留有精神印記能喚醒她可能會被魔女之力控制的意識，可眼前的戰龍哪怕實力強悍，卻不具備前兩者所擁有的能耐。

聽見君兒的拒絕以後，戰龍「嘖」了一聲，卻沒有如往常一樣往下一個地方晃去，而是朝君兒擺了擺手，指了指屋簷底下的一處欄杆，示意要君兒落坐。

「我要去找無情爺爺。」君兒蹙著柳眉，沒打算順著戰龍。

「欸，就陪我聊一下天嘛，整個家族裡也只有妳能心平氣和的跟我說話了，其他人看到我都像看到鬼一樣，呿。難得休息順便回來等爹，但現在家族裡都沒幾個能陪我好好說話的人了，亂無聊一把的。」戰龍不滿的埋怨道，卻透露出身居高位卻與族人有了疏離隔閡的寂寞。

他見君兒還在遲疑，便開口說：「我挺無聊的，不然妳聽我聊聊我爹的事情好了？」

君兒一愣，原本了無興致的眼神煥發出了光采。

「……你是說，鬼先生的事情嗎？」

「當然！對了，我聽無情說，爹親自擔當保鑣照顧了妳這位大小姐兩年是吧？那段時間，爹……他過得好嗎？有沒有跟妳聊到什麼一些家族裡的事情或我的事？」戰龍開了個話題，卻是一臉期盼的等著君兒回答他。

而君兒在看見眼前那容貌粗獷的男性正大睜著眼，眼神裡閃動著像個孩子期待有糖吃一樣的光輝，一時間因為這位「守護神」前後的反差而有些傻愣。

「鬼先生他……應該算是過得還好吧？他有簡略的告訴我戰族還有爺爺的事情，但是沒有跟我提過你。」君兒簡單的提起那段過往，但仔細想來，鬼先生確實沒有告訴她太多關於他的事情。他一向都是簡單帶過，平常的生活不是守在她身邊保護她、鍛鍊她，就是在休息時間時進行自己的修煉。

哪怕卡爾斯曾跟她聊過一些戰天穹的事情，但更多的卻是他一如往常的冷漠、嚴肅、內斂以及隱藏——就像個影子一樣，融在黑暗之中，讓人無法揣度他的真實想法。

「沒有提到我嗎……？」

得到了答案以後，戰龍顯得有些頹然。他在屋簷上翻了個身，慵懶的仰躺其上，望著藍天，眼裡閃過緬懷。

「以前爹不是這樣的。」或許是難得找到一位沒把他的身分放在眼裡，能用平常心跟他對話互動的存在，戰龍少見的多話了起來。

君兒在星盜團的那段時間接觸過了不少人，在人與人的互動之間，她透過敏銳的觀察力找到了應對每一位不同個性存在的方法。這也是她最後逐漸能得星盜們信任與欣賞的原因。而面對戰龍，從其他戰族人的口耳相談，到親自接觸他幾次以後，君兒就明白這位男性不喜歡傳統的繁瑣禮節，更喜歡坦蕩灑脫的互動模式。

她尊敬戰龍的功績，但沒有因此將之當作只能仰望的對象，因為她也有自己更遠大的目標——成為能夠站在鬼先生身旁，與之共同一戰的角色！

戰龍回憶起了過去，也不管君兒是決定要聽還是不聽，他還是逕自將話說了下去。

「小時候啊，爹雖然嚴肅，但只要我做得好的話，他不會吝嗇讚美和微笑。說起來，我已經有很長一段時間沒看過爹笑過了……當我還是個孩子的時候，他是嚴父也是慈父，只是當我成年以後，那樣的日子就彷彿永遠停止在我的幼年時期，一去不復返了。」

「我以為是我還不夠強，所以只有當我更強的時候，爹才會像我小時候那樣，搭著我的肩，淡淡的說一句『幹得不錯』。所以我一直努力、一直努力，希望能再聽見一次他的讚許和鼓勵——
——」

君兒默默的落坐在屋簷下的欄杆，靜靜傾聽戰龍講述他與戰天穹的過去經歷。只是聽著聽著，她的眉心不自覺的皺了起來。

也因為戰天穹的養子親身講述，她才明白戰天穹將自己與族人疏離的有多遠。過去在皇甫世家的日子裡，明明他就在提起家族或爺爺的時候，經常會流露溫柔與欣慰自豪的眼神，但真正對待自己親族時，為何要用冷漠的態度隔絕彼此？

「但，直到今天，他對我的冷漠依舊……很好笑吧？我成為守護神的理由，僅僅只是希望我養父能對我表示欣慰與自豪而已。但就算我擁有這樣被外人崇敬的稱呼，爹還是沒有再對我笑過一次。」戰龍自嘲的笑著。

「之後我就開始拖延家族公事，拚命往戰場上跑，希望能讓他擔心，讓他因為我拖延公事而不滿，至少他真的很生氣的時候還會像以前那樣揍我。」

「你……這根本就是叛逆期男孩才有的反應吧？」君兒顯得很是無言，同時也對戰龍被戰天穹冷漠以對的狀態感覺無奈。

她跟戰天穹相處的時間不多，但這男人總是會不經意的在她眼前表露深藏的情感。這讓她知道他並非無情，而是習慣性的隱藏情緒。

「叛逆就叛逆吧，至少這樣他還會理我，總比冷漠以對還來得好吧？」

「但我知道的鬼先生並不像你說的那麼冷酷。他以前在提到家族的時候，總會不經意的露出自豪的笑容呢……」

戰龍一愣，動作飛快的探頭望向落坐在屋簷下欄杆的君兒。

「妳有看過爹笑過？！」

君兒點點頭，「嗯，可能他自己也沒發現吧。在他有一次跟我提起戰族的時候，他有微笑，眼神則很自豪——我想他打從心底一定也是以戰族為榮的。」

「我還以為爹那麼久沒笑，顏面神經功能早喪失了，沒想到他還會笑……太好了！」戰龍在明瞭戰天穹並非完全對家族無情，因而傻乎乎的笑了起來。

君兒白了戰龍一眼，對這位時而英挺威武、時而頑劣如童的守護神有些無可奈何。不過也因為知道了更多，反而讓她對戰龍更感覺親切。或許因為戰龍也是屬於戰天穹生命中一部分的這個原因吧。

「我相信他會慢慢好起來的。雖然我不知道他到底在過去受了什麼傷，但傷口總有痊癒的一天，冷酷總有冰融的一日，對吧？」

「希望會有。」戰龍依舊傻笑著，心情卻意外的好了起來。但是，他隨後又面露委屈的說道：「不過妳還能看見爹的笑容，真令人羨慕……族人知道這件事，絕對會羨慕死妳的。」

君兒雙手捧腮，眼眸一轉，有些羞澀的說道：「或許是因為我在他心裡有特別不一樣的地方吧？」

想著戰天穹過去在星盜團裡，對著昏迷的她說出的真實心意，君兒的臉頰染上一層淡淡的粉色。

她在等他回來，然後這一次——她要走向他，親口告訴他那一句話。

「特別？嘖，搞不好是把妳當女兒看待……我不想平白多個乾妹妹！」戰龍在那胡亂猜測，最後被自己的聯想嚇得有些精神緊張。

「喂，魔女，先說好，如果我爹要收妳當乾女兒的話，妳絕對不能答應！知道沒有？我是絕對不會承認妳這個妹妹的！」

君兒沒回答他，卻笑得更邪惡了……

只是隨後，君兒輕輕一嘆，「不曉得鬼先生哪時候會回來？」兩年約定的時間都已經過去了，她心裡對他的思念不減反增，讓她好想趕快見到他。

「聽羅剎說，最近封印裡的負面能量開始消散了，那麼爹應該不久後就會甦醒並且回來了吧？」戰龍也很期待。

＊ ＊ ＊

自從那次戰龍和君兒互相談過戰天穹以後，戰龍便開始常常來找君兒談話。戰無情見戰龍對

君兒似乎抱以平輩相交的態度，也私下交代君兒，可以的話就盡量陪這位守護神大人多多聊天，省得他沒事找其他族人練拳頭。

時間一天天的過去，然後就在某天，君兒的腦海中響起了她思念已久的那人，久違的呼喚……

Chapter 110

我們的約定

當聲音在腦海中響起，透過精神力傳來的熟悉腔調，君兒只覺得眼睛在一瞬間酸了起來。

戰天穹只是簡單的傳了幾句話給她：戰族城外，往後山的林道上，我在這裡等妳。

君兒以為自己已經很想戰天穹了，沒想到在聽見他聲音的時候，這幾年被深深藏起的情緒差點就讓她在別人面前眼淚潰堤。

「抱歉爺爺，我有事需要出去一下。」不顧戰無情正在跟自己談話，君兒說了聲抱歉，隨後便丟下那愣是不知道發生什麼事情的戰無情，直往戰族城外跑去。

「喂，魔女妳要去哪！」站在屋簷上的戰龍遠遠就見君兒朝城外奔去，忍不住大喊道。

君兒沒回應他，但戰龍卻看見她焦急的甚至還施展了符文技巧，讓奔行的速度更快——很快就消失在街道上。

「這是在急什麼？」戰龍有些不明所以的撓著頭。有什麼事情能讓那一向冷靜的女孩這般失控？他腳步輕踏，小心好奇的跟了上去。

「抱歉，借過一下！」

「姑娘身手不錯，哈哈！」

「喂，小心點！」

君兒邊一路直往城外跑去，邊透過靈活的身姿閃避那外城區域往來的商人與旅客。有人欣賞她的靈活，也有人不滿的埋怨她的莽撞。

君兒沒有停下腳步，如果不是有外人在場，她早就展開翅膀直接飛過去了呢！

想快點見到那個人的心情讓她一次次的加快腳步。她踏出戰族大城的拱門，辨識了一下方位，朝著一條沿伸至戰族大城後方山上的林間小道繼續邁開腳步。

這條林道並非商道，沒有什麼旅客或行商來往。林間只有鳥雀清鳴，以及君兒因為奔跑而喘息的呼吸聲。

此時的時間將近中午，微風吹得林葉沙沙作響，正午時分的陽光透過茂密的林蔭灑落，為這條無人林道灑上美麗的光亮，但君兒無暇顧及這樣的美景，一心只想趕快見到那個人。

可君兒這時才想到，自己都沒打理過外表就這樣冒冒失失的跑出來似乎有些不妥當。只是收到戰天穹訊息的她太過激動了，根本就忘了要梳妝這件事，此時再回頭恐怕又要花上一段時間。

最後君兒停下了腳步，簡單的理順了一下因為奔跑而凌亂的長髮，整理了一下自己穿著輕便輕鬆的服裝，然後深吸口氣，緩慢的走向前方。

由於戰天穹開放了精神印記的感應，這讓君兒可以主動感覺到他的所在。明明只隔了一個彎道、幾個腳步的距離，君兒每踏出一步都感覺心在輕輕的顫抖著。

心裡有好多想對他說的話，但當真要見面時，腦袋卻只剩下一片空白。

最後她抬起雙手拍了拍臉頰，為自己即將做出的事情而在心裡自我鼓勵著。

當君兒在林道上拐了最後一個彎之後，那再熟悉不過的身影便出現在視線之中。原本因為緩下了腳步而逐漸平復的心跳，又因為看見那朝思暮想的身影後加快了跳動。

戰天穹赤色的髮絲被微風吹得輕輕飛揚，他身上依舊穿著過去那套紅黑色的長斗篷。他此時正仰著頭望著天空，似乎在思考著什麼。

看著這一幕，君兒有種彷彿回到了最初那個雨日，她在原界的小巷弄裡與戰天穹初遇的那個時刻。

昔日，他們本來是可能就此擦身而過的陌生人，卻因為她奇異的眼中星點，彼此的命運再度有了交會。

闊別兩年，戰天穹的容貌沒有任何改變，氣質卻與過去有了幾分不同。接受了黑暗面，逐漸與噬魂統合為一的他，開始慢慢找回過去那個最真實的自己，那原先的冷酷疏離有了幾分冰融，展露出被隱藏的真實性格。

也因為聽見了腳步聲走來，戰天穹微微側頭，終於看見了讓他下定決心要堅強的，那深深刻印在靈魂深處的纖細人影。

眼前人兒的容貌比兩年前更加成熟秀雅，她純黑色的長髮比他記憶中更長了。君兒今天只是穿著著方便活動的輕便褲裝，但貼合身形的服裝設計突顯了她成長後的姣好身材。

君兒那雙閃動著星星光點的黑眸，閃爍著比過去更加堅定的神采。

而也因為彼此對上了視線，她望著戰天穹的那雙黑眸，在驚喜之餘還染上了幾分羞意。

見君兒慢慢朝他走來，戰天穹的心跳忍不住加快了。

兩年了，不知她還記得昔日的那份約定嗎？但無論她的決定如何，這一次，他都不想放開那近在咫尺的幸福。
「君兒，妳長大了……」望著那身形比記憶還拉高幾分的少女，戰天穹有些感慨的說道。
君兒羞澀一笑，臉頰上的紅暈讓她更顯嬌俏。
「是啊，我長大了。還記得我小時候，鬼先生面對我的『約定』，總是說要等我長大再說……」君兒的語氣有些顫抖，卻是因為害羞。
戰天穹聽她提起那個過去他以為是小女孩天真玩笑的「約定」，呼吸頓時沉重了起來。看著君兒臉上那羞怯可人的表情，他可以期許是他所希望的那個答案嗎？
君兒一步一步的朝戰天穹走了過去，最後來到了他身前大約一個手臂的距離停了下來。她揚首看向眼前身姿挺拔的男性，現在她長高了，不需要像以前那樣費力的抬頭才能對上他的眼。
而這一次，戰天穹沒有再像過去那樣迴避她的注視，而是目光炯炯的看著她。
「兩年了，這段時間我在老大那裡學到很多事情，遇見很多的人。」君兒穩定了心情，說起了她這兩年感觸最深的地方。
「我知道，鬼先生以前是擔心我只是個孩子，還不懂感情是怎麼一回事，所以沒有對我的約定有所表示。可我這一路走來，看過了、經歷過了很多事情，很多人出現在我的生命裡頭，但是卻沒有一個人能夠取代那在許久之前，就在我心裡留下深刻影子的存在。」
君兒的眼神逐漸變得柔軟，而戰天穹則因為她的這段話，赤眸不經意的浮現了幾分期待。
「鬼先生在我最脆弱的時候出現在我身邊，陪我度過了那最難熬的一段時光。哪怕當時的你很少開口說話、總是隱藏對我的關心、修煉的時候對我很是嚴厲，但我卻一次次的看見了這樣的你不曾言述的付出……然後不知從哪時候開始，我開始注意到鬼先生看著我的眼神裡，多了好似期待卻又不敢懷抱期望的複雜情感。」

「時間一久，我慢慢懂了那是因為你總是將自己隔離於世界與人群之外，不敢去要、不敢去期望、甚至是不敢去愛的習慣……」

君兒探出手，撫上戰天穹的左半邊臉頰，眼裡有著溫柔。

戰天穹靜靜的望著她，儘管神情有著被洞穿真實的狼狽，卻不再像過去那樣隱藏自己的渴望。他臉色平靜，心情卻忐忑緊張。

「或許鬼先生不知道，我在很早很早之前就明白自己的感情了。我告訴過老大，如果兩年之後，你還是不敢朝我走來的話，那我就要自己朝你走過去——鬼先生，我其實……」

君兒想說出自己最真實的心情，然而卻被戰天穹抬手豎立於她脣前的噤聲手勢打斷了發言。

這時，戰天穹聲音低啞的開口說出他與君兒重逢後的第二句話。

「我曾經，不希望讓妳接觸更多的我，卻又矛盾的希望妳能接受我的一切。而當我第一次在妳面前拿下面具，展現我真實面貌時，妳給我的擁抱，讓我貪婪的渴望能得到更多……」

他輕握住君兒輕撫自己臉龐的掌心，有些貪戀那柔軟的溫暖。

「所以當妳對我說出那樣的約定時，說不開心其實是騙人的。只是我自覺是個罪人，身上還身負噬魂這樣的詛咒，而且更多的是，我不希望被妳知道我內心存有心魔這樣醜陋的事實……」

見君兒想說些什麼，戰天穹搖頭制止了她。

「聽我說完。那是我自己所不能接受的自己，我自覺自己很是汙穢，哪怕妳或其他人都覺得『這沒什麼』，但對當事人的我而言，那樣黑暗面的存在是我所不能接受的一個汙點……這樣的我，隨時都有可能被負面的意識控制，哪有什麼資格成為給予妳依靠與港灣般的存在？」

戰天穹的語氣帶有自嘲，讓君兒心疼的泛紅了眼眶。她不再打斷他的發言，只是靜靜的聽著他對她剖析自己的一切。

「跟妳分開的那段時間裡，我察覺到噬魂對我的影響越來越深，讓我決定自我封印一段時間——但這一次不是要壓制他，而是希望自己能成為配得上妳的男人，好好面對自己一直以來無法面對的那一面。」

「我不希望被妳認為我是個懦弱的男人……所以，我想為了妳堅強起來，勇敢去面對自己的黑暗面。我想，至少，這樣我就有資格站在妳身邊了吧？」

最後，戰天穹彎起一抹自信自豪的笑意——那抹笑，爽朗的讓君兒看得有些閃神。

這是第一次，戰天穹在她面前笑得如此「真實」。

「這一次甦醒我也做了個決定。那就是，無論妳是否記得昔日的那份約定，我都不想再放開妳了。」

語畢，戰天穹將那神情驚喜羞澀的少女緊擁入懷，他力道有點大，幾乎想將她嵌進自己的身體裡頭。君兒的淡淡髮香以及溫暖的體溫，讓他的心在激動之餘，卻也微微的痛了。

「我不曉得妳知不知道妳的那段過去，我只知道，噬魂已經沒了擁抱愛人的機會，但我還有！那我又為什麼要推開近在咫尺的幸福？可以的話，我希望能成為妳永遠的依靠——」

「鬼先生，我……」君兒眼眶泛淚，在聽戰天穹這樣說的同時，也想要將自己真正的心情說出口來。

戰天穹卻在此時笑著搖頭，說道：「喊我的名字吧，我給妳直喚我名字的權利，這是只有妳才能擁有的權利。」

君兒一愣，羞澀不已的輕喚了聲：「天、天穹……」

戰天穹滿意的展顏微笑，聲音磁啞的說了一句：「傻女孩，妳的那句話，應該是留給我先說的才對……」

隨後，他稍微拉開了和君兒的擁抱，微微傾身，親暱的靠在君兒耳畔，呢喃似的說出了那個含有某種魔力的句子。

君兒羞紅了臉龐，連耳根子都染上了潮紅。眼淚因此滑落，卻是喜極而泣。

「大笨蛋鬼先生……」

戰天穹只是溫柔的笑著，他從沒有這樣毫不掩飾的表現自己的溫柔。這樣坦承的表現自己情感的他，讓君兒既感動又歡喜。

「噓。」

戰天穹豎指要君兒噤聲，同時他珍重的捧起了君兒的臉龐，那火熱的注視讓君兒羞怯不已。

當他的臉龐靠近了自己，君兒顫抖著闔上了眼，忍不住想起了在皇甫世家，那當時還有點天真傻氣的她，對眼前男人提出的頑劣要求。

那時的她或許還不懂自己當時的決定代表了什麼意思，但如今回想起來，她應該早就愛上了這寡言又溫柔的鬼先生，所以才會提出那樣的要求吧……

「我愛你……」

君兒輕輕低吟著她的心情，直到感覺自己微顫的脣覆上了不一樣的溫度，身體被戰天穹結實的手臂再度擁入懷中，心就在這麼一瞬間，醉了。

不想再離開這個擁抱。君兒沉醉在吻中的思緒變得模糊迷亂，只依稀記得這個想法閃過腦海。

不想再放開這雙手。戰天穹有著同樣的想法，在明白了君兒的感情以後，他不再像皇甫世家那次的吻一樣有所保留。

戰天穹以有些激烈的吻表示他難掩喜悅的心情，引誘著君兒和他一同迷醉在彼此闡明心意的幸福裡頭。

好奇的跟在君兒身後的戰龍，好巧不巧的就望見了這令他尷尬不已的畫面。

他小心的收斂自己的氣息，因為他很清楚若是他一個意外錯手打斷了這對鴛鴦情纏的話，等等倒楣的他就會被那不喜歡被人撞見私事的養父海扁一頓了。

只是，看著戰天穹在君兒面前不同往常的表現，戰龍的心情可說是非常不平靜，卻是驚喜與訝異多過於其他。

那總是冷冰冰的養父，終於遇上了能讓他心動、讓他冰冷的心轉為火熱的對象了嗎？或許這是一個好的開始也說不定。

戰龍忽然了然為何魔女傳言的最末段，會說到魔女將與惡鬼一同毀滅世界了。如果是爹心愛的女子，那麼以爹那渴求光明千年之久的意念，那樣的可能性絕對是存在的。

戰龍看著戰天穹難得表露溫柔的模樣，心裡默默送上了祝福，隨後悄悄的離開了。

那在林間緊緊相擁纏吻的兩人，不約而同忘了時間，就彷彿要糾纏彼此至永恆時光似的……良久，脣分。

君兒輕輕喘息著，溫馴的倚靠在戰天穹的胸膛上，臉上的潮紅為她添了幾分柔媚的神態。

「傻女孩，妳過去的那份約定，我收下了。可我還希望能跟妳約定更久更久——直到永恆時間的盡頭。」

戰天穹輕輕低語著新的「約定」，這句話卻讓君兒的心刺痛了起來。

他這彷彿知道她已時日無多的發言，讓君兒原本泛紅的眼眶又再度積蓄起了淚。

「好，直到永恆時間的盡頭，我們永遠不分開。」君兒慎重的點著頭，眼眶帶淚的答應了這份新的約定。

戰天穹一嘆，感覺君兒在回應的同時用力的回抱自己。看著她方才在他言語時瞬間閃過的哀傷神情，他多少猜想到了，或許君兒可能也早就明白自己時間有限的這件事。

「我願作一頭惡鬼，永遠守護在妳這位魔女身邊。哪怕未來充滿了未知與變化，我陪妳一起面對。」

「這是我們新的約定——」

《星神魔女05》完

敬請期待更精采的《星神魔女06》

飛小說。
We Love
五月新書預告
EVIL SOUL
少年魔人傳說

典藏閣不思議工作室
2103夏季新書贈品活動
安利美特限定版
animate

只要符合以下條件，就有機會獲得【魔人Q版胸章】1枚——

（1）在**安利美特西門店**或**光華店**購買
《Evil Soul×少年魔人傳說》全套3集

（2）於書後回函信封處蓋上安利美特店章或是影印安利美特購書發票。

（3）在2013年8月1日前，以郵戳為憑，將全套3集的書後回函（加蓋店章），寄回典藏閣不思議工作室。

備註：
（A）若採影印發票者，請一併寄回發票影本。可以等購買完「全3集」後，再於8月1日前全部一次寄出。

（B）回函中的讀者資料請務必填寫清楚，字跡要工整，不然小編不知禮物要寄到哪裡去、要寄給誰(>Д<)

為期三個月的收集活動，敬請把握！
快來把犬少年和貓偵探帶回家吧！

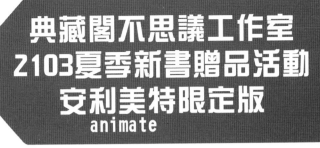

飛小說系列053

星神魔女05

兩年*不變的誓約

出版者■典藏閣
作　者■魔女星火　　繪　者■多玖實
總編輯■歐綾纖
製作團隊■不思議工作室
郵撥帳號■50017206 采舍國際有限公司（郵撥購買，請另付一成郵資）
台灣出版中心■新北市中和區中山路2段366巷10號10樓
電　話■(02)2248-7896　傳　真■(02)2248-7758
物流中心■新北市中和區中山路2段366巷10號3樓
電　話■(02)8245-8786　傳　真■(02)8245-8718
ISBN■978-986-271-353-2
出版日期■2013年5月

全球華文國際市場總代理／采舍國際
地　址■新北市中和區中山路2段366巷10號3樓
電　話■(02)8245-8786　傳　真■(02)8245-8718

新絲路網路書店
地　址■新北市中和區中山路2段366巷10號10樓
網　址■www.silkbook.com
電　話■(02)8245-9896
傳　真■(02)8245-8819

☞您在什麼地方購買本書？☜

1. 便利商店（________市／縣）：□7-11　□全家　□萊爾富　□其他____________

2. 網路書店：□新絲路　□博客來　□金石堂　□其他__________

3. 書店（________市／縣）：□金石堂　□誠品　□安利美特animate　□其他______

姓名：__________地址：________________________________

聯絡電話：______________　電子郵箱：________________________

您的性別：□男　□女　　您的生日：西元__________年__________月__________日

（請務必填妥基本資料，以利贈品寄送）

您的職業：□上班族　□學生　□服務業　□軍警公教　□資訊業　□娛樂相關產業

□自由業　□其他__________

您的學歷：□高中（含高中以下）　□專科、大學　□研究所以上

☞購買前☜

您從何處得知本書：□逛書店　□網路廣告（網站：______________）　□親友介紹

（可複選）　□出版書訊　□銷售人員推薦　□其他________________

本書吸引您的原因：□書名很好　□封面精美　□書腰文字　□封底文字　□欣賞作家

（可複選）　□喜歡畫家　□價格合理　□題材有趣　□廣告印象深刻

□其他________________

☞購買後☜

您滿意的部份：□書名　□封面　□故事內容　□版面編排　□價格　□贈品

（可複選）　□其他

不滿意的部份：□書名　□封面　□故事內容　□版面編排　□價格　□贈品

（可複選）　□其他

您對本書以及典藏閣的建議____

____

____

✌未來您是否願意收到相關書訊？□是　□否

✍感謝您寶貴的意見✍

印刷品

$3.5
請貼
3.5元
郵票
不思議信箱
FUSIGI POST

235 新北市中和區中山路二段366巷10號10樓

華文網出版集團　收

（典藏閣－不思議工作室）